Do diário de Sílvia

2005
CENTENÁRIO DE

Erico
Verissimo

Erico Verissimo

Do diário de Sílvia

Companhia Das Letras

Texto fixado pelo Acervo Literário de Erico Verissimo (PUC-RS) com base na edição princeps, *sob coordenação de Maria da Glória Bordini.*

CAPA E PROJETO GRÁFICO Raul Loureiro
FOTO DA CAPA Luiz Carlos Felizardo [pampa e ovelhas, Bagé, RS, 1984]
FOTO DE ERICO VERISSIMO Leonid Streliaev
SUPERVISÃO EDITORIAL Flávio Aguiar
TEXTO FINAL E CRONOLOGIA Flávio Aguiar
PESQUISA Anita de Moraes
PREPARAÇÃO Maria Cecília Caropreso
REVISÃO Carmen S. da Costa e Ana Maria Barbosa

Os personagens e as situações desta obra são reais apenas no universo da ficção; não se referem a pessoas e fatos concretos, e sobre eles não emitem opinião.

1ª edição, 1978
2ª edição, 2005

Dados Internacionais de Catalogação na Publicação (CIP)
(Câmara Brasileira do Livro, SP, Brasil)

Verissimo, Erico, 1905-1975.
Do diário de Sílvia / Erico Verissimo. — 2. ed. — São Paulo : Companhia das Letras, 2005.

ISBN 85-359-0604-5

1. Romance brasileiro I. Título.

04-8799 CDD-869.93

Índice para catálogo sistemático:
1. Romances : Literatura brasileira 869.93

EDITORA SCHWARCZ LTDA.
Rua Bandeira Paulista 702 cj. 32
04532-002 – São Paulo – SP
Telefone: (11) 3707-3500
Fax: (11) 3707-3501
www.companhiadasletras.com.br

Sumário

Do diário de Sílvia

1941

24 de setembro

Chove sem parar faz três dias. Devagarinho, miudinho, como para azucrinar os que gostam de sol, como eu. Um céu baixo cor de ratão oprime a cidade. E aqui estou, tristonha, arrepiada de frio, como um passarinho molhado empoleirado num fio de telefone. O vento hoje anda correndo e uivando como um desesperado por céus, ruas e descampados. Atrás de quem? Talvez do tempo. Diz a Dinda que o vento e o tempo têm uma briga antiga, que vem do princípio do mundo.

Maneira esquisita de começar um diário. Decerto um jeito de dizer a mim mesma que não estou levando a sério este negócio. Mas estou, e muito. Preciso escrever certas coisas que venho pensando e sentindo. A quem mais posso me confessar senão a mim mesma? Isso prova que, como todo o mundo, tenho dupla personalidade. Agora sou a que escreve e depois serei a que lê. Qual! Tenho muitas Sílvias dentro de mim. Cada vez que eu reler estas páginas, serei outra. E cada uma dessas outras será diferente da que escreveu. E mesmo a que escreveu não foi sempre a mesma, mas várias. Isso tudo me alarma um pouco.

Comprei este diário a semana passada na Lanterna de Diógenes. Era o único que existia na casa. Tipo álbum, fecho de metal, uma gaivota dourada na capa de plástico azul imitando couro. Ridículo! Senti necessidade de explicar à empregada da livraria que eu queria o álbum para dá-lo de presente a uma mocinha. Bom, não foi uma mentira completa. Porque na realidade dei o diário à *jeune fille* que em parte ainda sou. Agora só falta o amor-perfeito seco entre duas páginas. Não, isso não se usa mais. Mas que é que se usa hoje em dia? Angústia. Tio Bicho fala no *Angst* de seus filósofos alemães. Minha angústia é menor. Angustiazinha nacional e municipal. Tem um mérito que é ao mesmo tempo um inconveniente. É minha. Em certos momentos, chegamos a ter até um certo orgulho de nossas tristezas e infelicidades, e usamos essas "desgraças" para comover os outros e arrancar deles piedade ou amor. (Não quero piedade, quero amor.) Em suma, uma chantagem. Um caso parecido com o da Palmira Pepé, que há anos anda pelas ruas da cidade manquejando, choramingando e mendigando. Quando os médicos querem curar-lhe o defeito da perna, a Palmira recusa, alegando que, se sarar, não terá mais razão para pedir esmolas.

Não quero usar o truque da Palmira. É por isso que vou desabafar neste livro. É mais decente lamber as próprias feridas na solidão, a portas fechadas. Mas o certo mesmo é curá-las.

Ouço as goteiras. É a musiquinha do tédio, esse "inimigo cinzento", como costuma dizer o Floriano.

Não contava escrever esse nome tão cedo. Ia esperar um intervalo decente... o que prova que ainda não tenho intimidade com o diário.

Preciso fazer exercícios de franqueza. Para começar, pergunto a mim mesma se Floriano não terá sido o *motivo* deste jornal. Sim, foi, mas não o único. Nem mesmo o principal, apesar da grande importância afetiva que ele tem na minha vida. Surgiu um novo "possível amor" no meu horizonte espiritual: Deus. Através da correspondência que mantivemos entre 1936 e 1937, Floriano com seu agnosticismo muito fez (inconscientemente, claro) para afastar de mim esse possível rival. Meu amigo cessou de me escrever, mas Deus continuou onde estava.

Afinal de contas, onde está mesmo Deus? Não sei. Sinto que ainda não o avistei. Se Ele me conceder a graça da Sua presença, estou certa de que minha vida mudará para melhor. Em suma, *necessito* que Deus exista.

28 de setembro

Continua a chuva. Mas não comprei este livro para fins meteorológicos. Preciso ter uma conversa muito sincera comigo mesma. Botar as cartas na mesa. Olhar de frente umas certas situações que me inquietam. São problemas que se apresentam na forma de pessoas: minha mãe, Floriano, Jango, padrinho Rodrigo... Mas essas quatro pessoas se fundem numa só. Está claro que meu problema maior sou eu mesma.

Cada vez mais, me convenço da utilidade deste jornal. Ele me pode ajudar muito na exploração desses poços insondados que temos dentro de nós, e que tanto nos assustam por serem escuros e parecerem tão fundos. Por outro lado, talvez eu possa deixar nestas páginas, de vez em quando, discretamente, um bilhetinho a Deus. O endereço? Posta-restante. Estou convencida de que um dia, dum modo ou de outro, Ele me responderá...

29 de setembro

Acabo de fazer uma importante descoberta. No inferno o castigo não é o fogo eterno, mas a eterna umidade, o que é muito mais terrível. Neste quinto dia de chuva ininterrupta, sinto que cogumelos me brotam no cérebro. Um bolor esverdeado me forra a alma. Sou um vegetal.

6 de outubro

Oito da manhã. Acabo de dar café ao meu marido, como uma esposa que se esforça por ser exemplar. A comédia continua. Represento como posso. Mas não posso muito. Não tenho talento de atriz. Não consigo decorar o meu papel. Falo e me movimento no palco sem convicção. Não presto atenção nas deixas de Jango. Isto é: não digo nem faço no momento exato as coisas que em geral uma boa esposa diz e faz. E não é por falta de hábito, pois esta peça já está no cartaz há mais de três anos... De vez em quando tento improvisar, sair fora do papel, dizer o que sinto, o que penso *mesmo* de certas situações. Jango então me olha admirado, como se estivesse me vendo pela primeira vez. E não diz nada. Fala pouco. Não tem o talento nem o gosto do diálogo. Está habituado a gritar ordens aos peões. Para me dar a entender que seus silêncios e casmurrices não significam que deixou de me querer, ele freqüentemente me abraça, me beija e parece ficar seguro de que isso resolve tudo. Muitas vezes tentei entabular com ele conversas francas e sérias, dessas capazes de mudar a vida dum casal ou pelo menos deixar uma janelinha aberta para melhores perspectivas. Mas ele recusa obstinadamente aceitar a realidade desse outro mundo em que tais problemas se apresentam e tais conversas são possíveis e necessárias. Essa teimosia em negar a existência das coisas que estão fora dos limites de seu mundo, de suas necessidades, gostos e conveniências não deve ser apenas egocentrismo, mas insegurança: esse medo que temos de visitar um país estrangeiro cuja língua não falamos nem entendemos. Jango acha que eu invento, imagino coisas que na realidade não existem. Mais duma vez esquivou-se de perguntas que lhe fiz sobre nossas relações dizendo apenas: "Foi o que ganhei por ter casado com uma professora".

É um homem sólido e prático, incapaz de sonhos e fantasias. Como pode acreditar em feridas da alma quem vive tão preocupado com as bicheiras dos animais do Angico? Se eu lhe contar meus problemas espirituais, temo que me receite creolina. Como tudo seria mais fácil na vida (deve refletir ele) se pudéssemos juntar todos os nossos parentes, amigos e dependentes que têm problemas de consciência, e atirá-los como se faz com o gado, dentro dum banheiro cheio de carrapaticida...

Jango é um homem bom e decente. O que acabo de escrever sobre ele é grosseiro e injusto. Resultado dum acesso de mau humor. Estou pensando em rasgar esta página. Mas não rasgo. Um diário não é apenas um escrínio onde a gente guarda as raras jóias que a vida nos dá. É também uma lata de lixo onde despejamos a cinza de nosso tédio, o cisco de nossas tristezas, a aguada bile de nossos odiozinhos e birras de cada dia.

15 de outubro

Temos a tendência de classificar as pessoas como os naturalistas classificam as borboletas, feito o que as espetamos com um alfinete contra um quadro... e pronto!, passam a ser peças do nosso museu particular. Acho que foi isso que Jango fez comigo. Não quero fazer o mesmo com ele. Duma coisa, porém, tenho certeza: não nascemos para ser marido e mulher. Somos psicologicamente antípodas. Um realista diria que o mundo de Jango *é*, ao passo que o meu *seria*. Considero-me irmã gêmea de Floriano. Se eu me tivesse casado com ele, teríamos cometido um incesto espiritual. Mas casando com Jango, que sempre considerei um irmão, desde o tempo em que éramos crianças, estou cometendo um incesto carnal, que me repugna e que me dá um permanente sentimento de culpa.

Nestes últimos meses, tenho feito mentalmente a necropsia de nosso casamento. Qual foi a sua *causa mortis*? Atribuir toda a culpa do fracasso a mim mesma seria dar uma explicação fácil demais ao caso. Eximir-me de qualquer responsabilidade seria injusto, insincero.

Pergunta essencial: "Por que casei com Jango?". Respostas que me ocorrem: Porque ele insistiu com uma fúria apaixonada. — Porque desejei despeitar Floriano por ele me ter recusado. — Porque sabia que minha mãe estava para morrer e a idéia de ficar sozinha no mundo me apavorava. — Porque queria a qualquer preço vir morar no Sobrado...

Mas não teria havido também da minha parte uma certa inércia, uma espécie de covardia moral, receio ou preguiça de dizer não, de lutar contra todos e gritar que não me podia casar com Jango pela simples razão de que não o amava como homem, embora lhe quisesse bem como a um irmão?

Não sei. Talvez eu me deva fazer justiça e reconhecer que também tive pena do rapaz. Ele vivia repetindo que precisava de mim e que eu lhe "estragaria a vida" se continuasse a dizer não. Lembro-me duma frase de minha mãe: "Que é que te custa fazer esse moço feliz?". Naqueles meses de 1937, eu estava confusa e desolada. Tinha chegado à conclusão de que Floriano não me amava. E isso me doía. Por essa ocasião recebi uma carta de meu padrinho que foi decisiva.

> Quero-te como a filha que perdi. Tu me darias uma imensa alegria se casasses com o Jango, que tanto te ama. Pensa que está ao teu alcance tornar esse bom e leal campeiro um homem venturoso. O Angico precisa dele, e ele precisa de ti.

Na noite em que Jango e eu contratamos casamento, na hora em que os convidados começaram a chegar para a festa, senti de repente uma espécie de pânico. Fiquei de mãos trêmulas e geladas. Floriano havia chegado do Rio no dia anterior, mas eu ainda não o tinha visto. Não sabia que dizer ou fazer quando o encontrasse. Temia trair meus sentimentos ali na frente de toda aquela gente. Houve um instante em que me encolhi num canto da sala de visitas e fiquei olhando fixamente para o retrato de meu padrinho. Nesse momento tio Toríbio entrou, com aquele seu jeitão de boi manso e bom, me olhou bem nos olhos, me acariciou a cabeça, como se eu fosse ainda uma criança, e perguntou: "Tens a certeza de que não vais cometer um erro? Pensa bem. Ainda é tempo". Eu quis dizer alguma coisa, mas não consegui pronunciar a menor palavra. E à meia-noite, quando no centro do estrado, no quintal, Floriano me abraçou, me beijou os cabelos e o rosto, murmurando "Minha querida... minha querida...", tive a impressão de que subia às estrelas. Floriano me amava, não havia a menor dúvida! O que eu devia ter feito naquele instante era agarrar-lhe o braço e gritar: "Eu te amo também! Vamos embora daqui, já, já!... antes que seja tarde demais!". Mas qual! O respeito humano, a minha timidez, e principalmente esse sentimento de obediente inferioridade que sempre senti diante da "gente grande" do Sobrado, de mistura com gratidão e afeto — tudo isso fez que eu ficasse muda e paralisada... Perdi Floriano de vista em meio do tumulto.

E naquela madrugada terrível, quando velavam o corpo de tio Toríbio na sala de visitas, e quando eu já tinha chorado todas as lágrimas que existiam dentro de mim — inclusive lágrimas antigas e reprimidas, de outros choques e desgostos —, fiquei a olhar para as mãos que me tinham acariciado a cabeça havia poucas horas. "Tens a certeza de que não vais cometer um erro?" O erro já estava cometido. Mas aquelas mãos pálidas pareciam falar: "Mas não! Ainda há tempo. O Floriano está ali no canto, olhando para ti, te pedindo alguma coisa". Impossível, tio Toríbio! Sou ainda a filha da pobre modista, a menina de olhos assustados que nunca ousou contrariar o senhor do Sobrado.

Exatamente no momento em que eu pensava essas coisas, Jango aproximou-se de mim, abraçou-me e pôs-se a chorar, com a sua cabeça encostada na minha.

18 de outubro

Continuemos a necropsia.

Neste quarto ano de casados, onde estamos? Como nos sentimos um com relação ao outro? Só posso responder por mim, e assim mesmo não com absoluta segurança. O que eu esperava e desejava — isto é, que o convívio no tempo me fizesse amar o Jango — não aconteceu. É um erro o casamento entre irmãos. (Frase horrível, mas fica.) Quando estou na cama com meu marido e ele me abraça e acaricia com gestos que dizem claro de sua intenção, sinto algo difícil de descrever: pânico misturado com repugnância... e uma certa vergonha, como se eu fosse uma prostituta e estivesse me submetendo àquilo tudo por dinheiro. É horrível quando Jango cresce sobre mim com a segurança e a naturalidade patronal com que costuma montar nos seus cavalos. Seus ardores me ferem tanto o corpo como o espírito. Meu marido tem um animalismo que deve ser normal e sadio, mas que nem por isso me desagrada menos. Fui muito mal preparada para essas coisas. Quando aos treze anos fiquei mulher, minha mãe, depois de grandes rodeios, com voz dorida e olhos tristes, me pediu pelo amor de Deus que eu tivesse cuidado com os homens. Eram todos uns porcos e só procuravam as mulheres para fazerem com elas as suas sujeiras. E quando me casei — coitada! —, imaginando que apesar de meus vinte anos de idade — quatro dos quais passados na Escola Normal, em Porto Alegre — eu ainda não conhecesse "os fatos da vida", deu-me instruções pré-conjugais. Escutei-a, contrafeita. O ato físico do amor — disse-me ela — era uma coisa sórdida mas infelizmente necessária. O mundo é assim. Que é que a gente vai fazer?

Não me considero uma mulher frígida, mas não concebo sexo sem amor. Por outro lado, sou suficientemente normal para não ficar sempre insensível às carícias de meu marido. E esses desejos provocados mas não satisfeitos me deixam com um sentimento de frustração e angústia que às vezes dura dias e dias.

Não creio que eu satisfaça Jango de maneira completa, pois nesses minutos de contato carnal permaneço numa espécie de estado cataléptico. Ele, porém, nunca se queixou. Jamais discutiu, nem mesmo indiretamente, o assunto. O que ele parece querer mesmo é que na hora em que me deseja eu esteja a seu lado, submissa. Um cavalo sempre encilhado à porta da casa, pronto para qualquer emergência...

Certas noites, na estância, chego a desejar que ele volte tão cansado das lidas do dia que ao deitar-se durma imediatamente e me deixe em paz.

Há horas em que Jango está eufórico e outras — mais freqüentes — em que fica tomado dos seus "burros", como diz a Dinda. "O gênio do finado Licurgo", explica a velha. As coisas do Angico o preocupam de maneira obsessiva. Trabalha sem cessar de sol a sol. Suas mãos são ásperas e cheias de calos. Sua pele está ficando cada vez mais curtida pelo sol e pelo vento. Gosta de mandar. E, como acontece com a maioria dos patrões, acha que ninguém sabe fazer nada, que os peões são "uns índios vadios". É por isso que às vezes quer fazer tudo pessoalmente. Não descobri ainda por que trabalha tanto. Não creio que enriquecer seja o seu objetivo principal. O poder político não o seduz. O social muito menos. Que é que busca, então? O Bandeira me deu sua interpretação: "Para o Jango, o trabalho do campo é uma religião, com seus sacramentos, seus pecados, seu ritual e seu calendário de santos e mártires. Ele se entrega ao seu culto com um fervor ortodoxo e quase fanático. O Angico é a sua grande catedral. Lá estão as imagens de santa Bibiana, são Licurgo, são Fandango...". Tio Bicho soltou uma risada e disse mais: "Esse Savonarola guasca considera pagãos os que não gostam da vida campeira. Não se iludam: ele já nos queimou a todos na fogueira do seu desprezo".

1º de novembro

Floriano escreveu a Jango dizendo que virá fazer-nos uma rápida visita em fins deste mês, antes de partir para os Estados Unidos. A idéia de que ele vai encontrar-se com a sua americana desperta em mim um leve e tolo ciúme, do qual me envergonho. Afinal de contas, Floriano é um homem livre. Faço o possível para esquecer certas coisas, mas é inútil. Relembro uma tarde do verão passado em que, num dos raros momentos em que a Dinda afrouxou sua vigilância sobre nós, Floriano me contou sua aventura com essa estrangeira. Eu não lhe havia perguntado coisíssima alguma. Falávamos na guerra e na possibilidade de os Estados Unidos entrarem no conflito... De repente Floriano desatou a língua e, com essa coragem meio cega que às vezes os tímidos têm, me narrou sua história com a americana em todos os seus pormenores, inclusive os de alcova. Eu gostaria de ter visto minha cara num espelho naquele momento. Acho que corei. A coisa me tomou de surpresa. Não me foi fácil encarar F. enquanto ele falava. Ao cabo de alguns minutos, me refiz do choque e acho que me portei como uma mulher adulta e "evoluída". É quase inacreditável que uma pessoa de tanta sensibilidade e malícia como Floriano tenha caído na armadilha que lhe preparou a vaidade masculina. Fez questão de me dizer

— e mais tarde repetir — que havia satisfeito plenamente a amante como homem. Talvez estivesse inconscientemente procurando me despeitar com a narrativa de suas proezas sexuais. Era como se dissesse: "Estás vendo agora o que perdeste por teres casado com o Jango e não comigo?". Depois que nos separamos, pensei melhor no assunto e compreendi que no fundo daquela confissão o que havia mesmo era um homem pouco seguro de si mesmo e de seus objetivos. E mais uma grande solidão agravada pela certeza de que aquela aventura de praia não tinha nenhuma profundidade. Tive pena dele. Tive pena de mim. Perdoei-o e me perdoei... não sei bem por quê.

19 de novembro

Sou agora uma espécie de confidente do Arão Stein. Está claro que não me custa ouvi-lo. Pelo contrário, faço isso com interesse. Esse homem tem levado uma vida rica de aventuras e paixão. Ponho *paixão* no singular porque ele só tem uma: a causa do comunismo. O diabo é que não consigo apenas escutar. Lá pelas tantas, entro a sofrer com o meu confidente, a sentir nos nervos e na carne, bem como no espírito, suas dores e misérias. Minha tendência para querer bem às pessoas (estou aqui de novo modestamente lembrando a mim mesma como sou boa, generosa e terna) abre muitas frestas no aço ou, melhor, na lata da armadura de egoísmo com que em geral costumo andar protegida.

Stein nos apareceu em fins de abril do ano passado. Era a primeira vez que eu via um fantasma ruivo. Em 1937 chegou-nos a notícia de que ele tinha sido morto em combate na Guerra Civil Espanhola. A história depois foi desmentida, mas no ano seguinte correu como certo que ele havia morrido de gangrena, num campo de concentração. Bom, mas a verdade é que o nosso Stein lá estava à porta do Sobrado, apenas com a roupa do corpo — velha, sebosa e amassada — e um livro debaixo do braço. Trazia uma carta do padrinho Rodrigo, contando que tinha tirado aquele "judeu incorrigível" do fundo duma "cadeia infeta" do Rio, onde ele fora parar depois de repatriado da Espanha. No primeiro momento, não o reconheci. O pobre homem estava esquelético, "pura pelanca em cima da ossamenta", como logo o descreveu a Dinda. A cara marcada de vincos, pálido como um defunto, encurvado como um velho, e com uma tosse feia. Na sua carta, meu padrinho pedia que déssemos um jeito de hospedar Stein. Mas Jango disse que não. "A troco de que santo vou abrigar um inimigo debaixo do meu teto?" Tio Bicho salvou a situação, acolhendo o velho companheiro em sua casa. Dentro de poucas semanas, com as sopas do Bandeira e os remédios do dr. Camerino, Stein pareceu ressuscitar. A tosse parou. Suas cores melhoraram. Quanto às marcas que o sofrimento lhe havia cavado na cara, essas ficaram.

Arranjou um emprego de revisor numa tipografia, onde lhe pagam um salário de fome. Aos sábados à noite aparece com Tio Bicho nos serões do Sobrado. A Dinda continua a tratá-lo com a aspereza dos velhos tempos, e com sua ironia seca e oportuna, mas desconfio que a velha tem pelo "muçulmano" uma secreta ternurinha. Sempre que o vê, a primeira coisa em que pensa é alimentá-lo com seus doces e queijos. Stein nunca recusa comida. Parece ter uma fome crônica. O Jango, como eu esperava, trata-o mal, faz-lhe todas as desfeitas que pode. Retira-se da sala quando ele entra, não responde aos seus cumprimentos e jamais olha ou solta qualquer palavra na direção dele.

Foi em algumas dessas noites de sábado do outono e do inverno passados que Arão Stein me contou suas andanças na Espanha, como legionário da Brigada Internacional. Tomou parte em vários combates. Ferido gravemente por um estilhaço de granada, esteve à morte num hospital de Barcelona. Depois da derrota final dos republicanos, fugiu com um punhado de companheiros para a França. Foi internado num campo de concentração onde passou horrores. Andava coberto de muquiranas, mais de uma vez comeu carne podre, quase morreu de disenteria e quando o inverno chegou, para abrigar-se do vento gelado que soprava dos Pireneus, metia-se como uma toupeira num buraco que cavara no chão, e que bem podia ter sido sua sepultura. Finalmente repatriado, ficou no Rio, onde se juntou aos seus camaradas e começou a trabalhar ativamente pelo Partido. Preso pela polícia quando pichava muros e paredes, escrevendo frases antifascistas, foi interrogado, espancado e finalmente atirado, com trinta outros presos políticos, num cárcere que normalmente teria lugar, quando muito, para oito pessoas.

"Queriam que eu denunciasse meus camaradas", contou-nos Stein uma noite. Estendeu as mãos trêmulas. "Me meteram agulhas debaixo das unhas. Me queimaram o corpo todo com ferros em brasa. Me fizeram outras barbaridades que não posso contar na frente de senhoras. Me atiraram depois, completamente nu, numa cela fria e jogaram água gelada em cima de mim. Mas não me arrancaram uma palavra. Mordi os beiços e não falei."

20 de novembro

Relendo o que escrevi ontem, penso no inverno de 1940, do qual guardo tão vivas recordações. Vejo com a memória o Zeca, recém-chegado a Santa Fé, feito irmão marista, muito compenetrado na sua batina negra... e meio encabulado também, talvez temeroso de que ninguém o levasse a sério. Achei-o tão parecido fisicamente com o pai, que tive vontade de me rir, pois a última coisa que a gente podia esperar na vida era ver o major Toríbio Cambará metido no hábito duma ordem religiosa. Pois lá estava o nosso Zeca a passear na frente do rádio, indignado, a perguntar: "Mas e esse famoso Exército francês não briga? Que faz o Gamelin? Onde está o Weygand?". Tio Bicho encolheu os ombros. "A França está podre", disse ele. Jango replicou: "Podre coisa nenhuma! Quando vocês menos esperarem os nazistas estão cercados". Mas a situação era realmente negra. Em abril os exércitos de Hitler tinham invadido e conquistado a Dinamarca e a Noruega. Em maio, a Bélgica, a Holanda e Luxemburgo. Nesse mesmo mês, as divisões blindadas alemãs rompiam as linhas francesas em Sedan.

As noites que me ficaram mais intensamente gravadas na memória foram as de 28 de maio a 3 de junho: as da nossa "vigília de Dunquerque". Escutávamos em silêncio as notícias da catástrofe e seguíamos, com o coração apertado, a narrativa da operação de retirada das tropas inglesas, sob o fogo inimigo. Aquilo para nós era um fim de mundo. Jango estava alarmado, sentindo instintivamente que os alicerces de seu mundo começavam a desmoronar. Vivia então (como até agora) numa espécie de ambivalência, porque, se por um lado a guerra oferece o perigo remoto da vitória final do nazismo, por outro apresenta oportunidades imediatas de bons negócios aos estancieiros, ao comércio e à indústria.

O Liroca vinha muitas noites trazer-nos sua solidariedade de aliado. Ficava no seu cantinho, olhando de um para outro, como esperando que alguém lhe desse uma injeção de ânimo. O dr.

Carbone andava desinquieto, cofiava a barba, cabisbaixo, envergonhado de saber que sua pátria pertencia ao Eixo e podia a qualquer momento apunhalar a França pelas costas, o que de fato aconteceu dias depois. Suplicava que não julgássemos o povo italiano por aqueles "porcos fascistas". D. Santuzza, essa vivia com lágrimas nos olhos, pensando nos seus oito irmãos que estavam na Itália, todos em idade militar.

Eu sentia um frio na alma, um minuanozinho particular soprava dentro de mim, gelando as minhas esperanças. Só duas pessoas pareciam indiferentes aos acontecimentos. Uma era a Dinda, que se recusava a levar a sério o que ela chamava de "guerra dos outros". As guerras dela tinham sido a do Paraguai, a Revolução de 93, a de 23, a de 30 e as outras, isto é, os "barulhos" em que gente de sua família se tinha metido. Por que haveria ela de preocupar-se com "briga de estrangeiro"? O outro era o Stein, que não cansava de repetir: "É uma guerra de capitalistas. Nós os comunistas nada temos com o peixe. Eles que se entredevorem!". Um dia Jango gritou-lhe que calasse a boca, Stein calou. Sentou-se ao meu lado, como um menino que levou um pito do pai e vem queixar-se à mãe. Cochichei: "Fique quieto. Guarde essas suas idéias para você mesmo. E não fica bonito a gente tocar flauta no funeral dos outros".

Uma noite o dr. Terêncio Prates e sua senhora vieram visitar-nos. Chegaram de cara triste, falando baixo, como se tivessem vindo para um velório. As notícias continuavam péssimas. Os nazistas estavam senhores de quase toda a Europa Ocidental. Dentro de poucos dias, poderiam entrar em Paris. O dr. Terêncio sentou-se, soltou um suspiro e disse: "Quando os boches atacaram Ruão, não sei por quê, tive a doida esperança de que o espírito de Joana d'Arc ressurgisse para guiar os exércitos da França na expulsão do invasor". Tio Bicho soltou a sua risadinha cínica: "As *panzer Divisionen*, meu caro doutor, foram construídas à prova de milagre".

No dia em que Paris caiu, o dr. Terêncio ficou tão abatido que foi para a cama, com uma pontinha de febre. Uma semana depois, recebi uma carta do padrinho, que dizia:

> É o fim de tudo. Se tivermos de viver num mundo dirigido por esse alemão louco e sanguinário, então o melhor é morrer. Mas esta parece não ser a opinião de certos generais de nosso Exército, que festejam as vitórias de Wermacht na embaixada alemã, com champanhadas.

Foi por aquela época que, num dos nossos serões, Tio Bicho leu em voz alta o discurso que Getulio Vargas fizera recentemente a bordo do couraçado *Minas Gerais*. O presidente afirmava que marchávamos para um futuro diferente de tudo quanto conhecíamos em matéria de organização econômica, social ou política, e sentíamos que os velhos sistemas e fórmulas antiquadas entravam em declínio. Um dos trechos desse discurso me assustou de tal maneira, pelo que tinha de extremista e imprevisto, que cheguei a decorá-lo:

> Não é, porém, como pretendem os pessimistas e os conservadores empedernidos, o fim da civilização, mas o início tumultuoso e fecundo de uma era nova. Os povos vigorosos, aptos à vida, necessitam seguir o rumo de suas aspirações, em vez de se deterem na contemplação do que se desmorona e tomba em ruína. É preciso, portanto, compreender a nossa época e remover o entulho das idéias mortas e dos ideais estéreis.

Terminada a leitura, o Bandeira disse: "É um discurso nitidamente fascista. O presidente vê a balança da vitória pender para o lado dos nazistas e já está preparando a sua adesão ao Eixo...".

Que pensaria padrinho Rodrigo de toda aquela história? Dias depois recebemos outra carta sua. Dizia:

> A princípio pensei em romper com o Getulio por causa de seu discurso visivelmente pró-Eixo, a bordo do *Minas Gerais*, mas acontece que estou aprendendo a conhecer o nosso homem, ele é muito mais sutil do que seus atos e seu próprio estilo oratório dão a entender. A princípio me pareceu que, com esse pronunciamento fascistóide, ele se preparava para atrelar o Brasil ao carro do nazismo. O discurso foi aparentemente uma resposta indireta ao que o presidente Roosevelt havia pronunciado no dia anterior... Comecei a perceber que o nosso homenzinho está apenas marombando, "bombeando" a situação mundial. No momento precisa contentar alguns de nossos generais, que parecem fascinados pelos feitos militares do exército alemão. Mas não se iludam! O Getulio também confabula secretamente com os americanos por intermédio do Aranha, que é aliadófilo. Fiquem certos de que, na hora da decisão, nosso presidente fará o que for melhor para o Brasil.

"Santa boa vontade!", exclamou o Tio Bicho, quando lhe mostrei a carta. "O presidente é um felizardo. Pode fazer ou dizer todos os absurdos que não faltará nunca um intérprete benévolo que o explique e justifique."

23 de novembro

Ainda Stein. Essa criatura de Deus me preocupa. Deve estar sofrendo uma crise de consciência, algo de muito sério que ele não revela nem a esta sua confidente. Quando Trótski foi assassinado, ficou num desconsolo, num abatimento que durou semanas. Tio Bicho lhe perguntou então: "Tens alguma dúvida de que foi teu patrão Stálin quem mandou assassinar o Trótski?". Stein não respondeu. Sentou-se no seu canto, os cotovelos fincados nas coxas, as mãos cobrindo a cara. Permaneceu nessa posição quase uma hora, sem dizer palavra. Tio Bicho me contou que em 1939 Stein ficou também chocado e desiludido com o pacto nazi-soviético que resultou no sacrifício da Polônia, mas, soldado disciplinado do Partido, engoliu a amarga pílula em silêncio. Continua a afirmar que o Império Britânico está em agonia e que sua morte é questão de meses. Mas o fervor com que diz isso é apenas aparente. No fundo me parece meio desorientado, cheio de dúvidas.

Não esquecerei nunca mais a noite em que Stein nos contou, exaltado, o que sentiu quando viu e ouviu *La Pasionária*, num dos primeiros anos da Guerra Civil Espanhola. Ela tinha vindo especialmente para dirigir a palavra aos legionários da Brigada Internacional. Falou do alto duma colina. Sentados ou reclinados a seus pés, os soldados a escutaram. Entardecia, e um sol fatigado de fim de verão descia no horizonte. O que Stein nos disse foi mais ou menos o seguinte: A voz da *Pasionária* primeiro me remexeu as entranhas e fez que eu me sentisse homem como nunca em toda a minha vida. Era o privilégio dos privilégios, a honra das honras, a beleza das belezas estar ali naquele lugar, naquela hora e com aquela gente. Tínhamos vindo de várias partes do mundo para defender a Espanha republicana e com ela a idéia universal dos direitos do homem. E quando *La Pasionária*, com sua voz inesquecível, declarou que nós éramos a flor da terra, a consciência do mundo; quando nos agradeceu por estarmos ali como *hermanos*, ajudando o povo espanhol e a causa da liberdade e da justiça social, senti que tinha atingido o momento mais belo, mais glorioso da minha vida. A brava guerreira estava de pé no alto da colina, e seu corpo recebia em cheio a luz do sol. Ah!, mas nós sentíamos que uma luz mais forte e mais clara nascia de seu ventre, de seus olhos, de sua boca, de seus seios, de seu coração. E essa luz nos purificava! Nós éramos todos irmãos e *La Pasionária* era a nossa mãe. Não tenho vergonha de confessar que chorei. Chorei de alegria, de orgulho, de... de fraternidade. E então senti que morrer uma vez só por aquele ideal era pouco. Desejei ter cem vidas para entregá-las todas à causa republicana.

Assistimos todos a esse arroubo quase místico em respeitoso silêncio. Irmão Zeca pareceu-me comovido. Eu não vou negar que também estava. Quando o Stein se calou, Tio Bicho mirou-o por alguns instantes e depois soltou a sua farpa. "Como vocês vêem, tenho razão quando afirmo que mais cedo ou mais tarde tudo acaba virando religião. Arão Stein, nosso materialista dialético, teve, naquela colina da velha Espanha, a sua visão de Nossa Senhora."

25 de novembro

Quando em fins de junho deste ano os exércitos nazistas invadiram a Rússia, a atitude de Stein mudou por completo. O que para ele tinha sido até então uma luta de interesses capitalistas, passou a ser uma guerra santa. Com a cara coberta pelas mãos torturadas, escutava taciturno as notícias das primeiras vitórias alemãs em terras da União Soviética. Uma noite Liroca acercou-se dele e disse: "Não se impressione, moço. Lembre-se de 1812. Se Napoleão Bonaparte não pôde com a Rússia, como é que o Hitler, esse cabo-de-esquadra vagabundo, vai poder?".

Numa outra ocasião em que o Stein falava na fatalidade da socialização do mundo, declarando que achava legítimos todos os sacrifícios de hoje para garantir a felicidade da humanidade de amanhã, eu lhe sussurrei: "Posso te dizer uma coisa? Amas tanto a humanidade que não te sobra muito amor para dares aos indivíduos". Ele me lançou um olhar perdido. E em seguida, atribuindo a minhas palavras uma intenção que eu não lhes quis dar, desandou a falar na mãe, justificando-se por tê-la deixado só e desesperada em Santa Fé, quando fora para a Espanha. Tratei de tranqüilizá-lo: "Mas eu sei! Eu sei! Não precisas explicar nada. Eu compreendo...". Ele, porém, continuou a falar. Recordou sua infância com essa riqueza de minúcia (principalmente para os fatos dolorosos) que em geral o judeu intelectualizado possui mais que ninguém. Relembrou, numa espécie de autoflagelação, todos os sacrifícios que a mãe fizera por ele, todas as provas de amor que ela lhe dera — tudo isso para declarar no fim que não se arrependia de havê-la abandonado para atender a um chamado de sua consciência de comunista.

Levantou-se bruscamente e, sem dizer boa-noite a ninguém, deixou o Sobrado.

26 de novembro

Floriano chegou. Tudo foi mais fácil do que eu esperava. Como tem acontecido sempre que ele volta, encontramo-nos no vestíbulo. Abraçamo-nos, ele me beijou de leve a testa e os cabelos. Não tivemos tempo de trocar mais de duas frases. ("Fizeste boa viagem?" — "Perfeita.") Porque a Dinda interveio, puxou F. pelo braço e levou-o consigo para o fundo da casa.

E desde essa hora nos tem vigiado como um cão de fila. Tudo faz para que nunca fiquemos a sós. Noto que Jango também não se sente muito à vontade com a presença do irmão no Sobrado. Como conseqüência de tudo isso, F. se mostra um tanto contrafeito. Disse que ficará em Santa Fé apenas uns quatro ou cinco dias, e que desta vez não irá ao Angico.

28 de novembro

Hora inesquecível com Floriano, ontem, debaixo dos pessegueiros do quintal. Uma conversa muito calma e amiga. Sentamo-nos no banco, lado a lado. Eu tinha comigo um prato e uma faca. Apanhei alguns pêssegos maduros e comecei a descascá-los. Nada mais natural. Notei que F. estava inquieto. Eu não me sentia lá muito tranqüila, mas acho que sabia dissimular melhor que ele. Havia na tarde quente algo de perturbador. A terra parecia uma pessoa que desperta lânguida duma sesta tardia. O sol descia ao encontro da noite.

Eu sabia que não íamos ter muito tempo para o nosso diálogo. E era tão bom ter F. ali sentado ao meu lado! Sua presença tem para mim um poder ao mesmo tempo excitante e sedativo. Seu sensualismo deve estar escondido a sete chaves, pois o que lhe aparece nos olhos é uma ternura muito humana e tímida, como que envergonhada de si mesma. Nunca encontrei ninguém que temesse mais que ele as situações grotescas ou ambíguas. F. talvez não saiba, mas descubro nos seus silêncios uma grande eloqüência.

Ofereci-lhe um pêssego. Ele o aceitou e deu-lhe uma dentada distraída. Comecei a comer o meu, e durante alguns instantes de silêncio pareceu que estávamos ali só para comer pêssegos.

Foi F. quem falou primeiro. Procurou analisar as razões que o tinham levado a aceitar o contrato que lhe oferecera a Universidade da Califórnia. Perguntei: "Mas é preciso haver uma razão? Não bastava a curiosidade pura e simples de ver outras terras e outros povos? Ou o mero desejo de variar?". F. replicou que sentia que outros motivos, além dos que eu mencionara, o impeliam para os Estados Unidos. "É talvez uma viagem à infância e à adolescência, uma volta aos filmes da Triangle e da Vitagraph... às revistas ilustradas do reverendo Dobson... sim, e a *O último dos moicanos*..."

Ficou de novo calado, decerto mastigando lembranças junto com pedaços de pêssego. Perguntei perigosamente: "Não seria também o desejo de reencontrar aquela moça... como é mesmo o nome dela?".

Curioso, o mecanismo dessas nossas mentirinhas e hipocrisias cotidianas. Ele funciona movido pelo combustível de nossas vaidades, medinhos, vergonhas, orgulhos e também pelo hábito mecânico de dissimular. Eu bem que me lembrava de todo o nome da americana: Marian K. Patterson, Mandy para os íntimos. Conhecia o desenho de seu rosto, o formato de seus seios e de suas coxas, o sabor de seus beijos, o tom de sua voz e de seus olhos. Não me estimei por me ter portado como uma namoradinha despeitada.

Floriano respondeu apenas: "A ligação terminou em 1938. Mandy está hoje casada. Não existe mais nada entre nós".

Apanhei outro pêssego, como para mudar de assunto. Eu temia que alguém ou alguma coisa viesse perturbar nosso colóquio, e me admirava de nada ainda ter acontecido. O casarão parecia morto.

Floriano me falou de sua vida, de sua carreira, de suas dúvidas, de sua insatisfação com tudo quanto havia escrito até então. Contou-me também de seu novo romance, cujos originais acabara de entregar ao editor: *O beijo no espelho.*

Eu esperava que F. me falasse também de seus problemas, dos resultados de sua busca de raízes sentimentais e de liberdade. Fiz sugestões nesse sentido, mas ele desconversou e entrou a desenvolver uma teoria, que me pareceu interessante, a respeito das relações dos homens de sua família com a terra, isto é, com Santa Fé e o Angico. O que disse foi mais ou menos o seguinte:

"Suponhamos que esta terra, esta cidade, esta querência seja uma mulher... Pois bem. O Jango casou-se legitimamente com ela, ama a esposa com um amor arraigado, calmo e seguro de si mesmo. Não tem olhos para as outras mulheres, por mais belas que sejam. Seus erros como marido são mais de omissão que de comissão. Se não dá muito à esposa, é porque foi criado na ignorância de que um esposo pode e deve também dar e não apenas receber. Tem um agudo senso de hierarquia. Acredita que há bem-nascidos e malnascidos, e sabe vagamente que Cristo disse que sempre haverá gente pobre na terra. É um marido autoritário, ciumento, exclusivista e conservador. Não quer que a esposa converse com outros homens nem que fume ou acompanhe a moda. Exige dela o recato das damas de antigamente. Com isso quero dizer que repele com paixão não só a idéia da reforma agrária como também a de qualquer inovação nos hábitos de trabalho do Angico".

Fez um parêntese para esclarecer que eu, Sílvia, não entrava na alegoria como esposa do Jango. Ele se referia mesmo à terra.

Sorriu e não disse palavra. O retrato de Jango como "meu" marido estava saindo perfeito. F. continuou:

"Já o velho Rodrigo é diferente. Casado com esta terra, sua enorme vitalidade, sua imaginação, e seus apetites o impedem de manter-se fiel à esposa legítima. Vive com os olhos e os desejos voltados para as outras mulheres. Teve desde a primeira mocidade uma amante espiritual e longínqua: Paris. Mas sua grande traição, seu grande adultério se consumou quando ele abandonou a esposa para ir viver com uma bela e ardente morena, tão inconstante e sensual quanto ele: a cidade do Rio de Janeiro. Sem romper de todo com a esposa legítima, entregou-se à amante e está sendo aos poucos destruído por ela... Mas sempre que se sente cansado dos ardores, enganos e exigências da concubina, volta para a esposa legítima, que aqui está, paciente e silenciosa, a esperá-lo sempre de braços abertos. E em seu verde regaço, ele retempera o corpo e o espírito... para voltar depois para os braços trigueiros da amante".

F. calou-se. Perguntei: "E o Eduardo?".

"Ah! Esse é o jovem, imaturo apaixonado da terra. Sabe que seu amor é ilegal perante as leis vigentes, mas decidiu enfrentar a situação com coragem, e está esperando que se lhe apresente a oportunidade de arrebatar a mulher dos braços do marido chamado legítimo, mas que para o Edu não passa dum usurpador. Todo o seu procedimento está condicionado a essa permanente idéia de ilegalidade. Sabe que a qualquer momento pode ser agredido pelo esposo, que tem a seu favor a Lei e a polícia. Não sabe nem sequer se a mulher o ama, mas está disposto a fazer tudo, inclusive arriscar a própria vida, para conquistá-la."

Floriano ficou algum tempo pensativo, revolvendo na boca um caroço de pêssego. Depois disse:

"O velho Babalo, esse é ao mesmo tempo marido, pai, filho

e irmão da terra, que ele ama com um fervor quase religioso, sem jamais ter a necessidade de proclamar ao mundo esse amor e essa fidelidade. É um poeta à sua maneira rude. Um são Francisco de Assis leigo. Sim, e dotado dum senso de humor, coisa que parece ter faltado ao santo".

Creio que foi nesse momento que a Dinda apareceu a uma das janelas do casarão e olhou para o quintal. Não nos pode ter visto, porque está praticamente cega. Mas tenho a impressão de que sentiu nossa presença, ouviu nossas vozes. Continua a exercer sobre nós uma vigilância tão implacável, que chego às vezes a sentir-me culpada de coisas que não fiz. Eu ia escrever *ainda não fiz*. Não. De coisas que *nunca* farei, haja o que houver.

Enquanto a velha permaneceu à janela, Floriano e eu ficamos calados, quase contendo a respiração, como duas crianças que não querem ser descobertas pelo dono do pomar onde foram roubar frutas. Depois que a Dinda desapareceu, murmurei: "Falta um Cambará na tua história". F. sorriu: "Ah! Esse é o forasteiro. O homem sem passaporte. Sente que amar, compreender e contar com o apoio dessa *mulher* é algo de essencial para a manutenção de sua identidade e para a sua *salvação* como artista e como homem. Não sabe ao certo se a ama nem se é amado por ela. Só tem uma certeza que ao mesmo tempo o anima e perturba: a necessidade desse amor".

Parti um pêssego pelo meio e dei uma das metades a F. Pusemonos ambos a comer. Era uma comunhão. Um ato de puro amor.

2 de dezembro

Floriano voltou para o Rio. O Sobrado de repente ficou vazio.

7 de dezembro

A notícia, ouvida através do rádio, tem quase a força duma bomba. Aviões japoneses atacaram Pearl Harbor de surpresa e destruíram vários navios de guerra americanos que estavam ancorados no porto. Penso imediatamente na viagem de Floriano. Agora que os Estados Unidos foram empurrados para a guerra, o convite que lhe fizeram para dar um curso na Universidade da Califórnia talvez seja cancelado. Não sei se essa possibilidade me entristece ou alegra. Em todo o caso, fico desgostosa comigo mesma por estar dando mais importância à viagem de F. do que ao ataque a Pearl Harbor e às conseqüências inevitáveis desse ato de traição.

25 de dezembro

Natal triste numa casa sem crianças. Jango não quis passá-lo conosco na cidade. Deve estar se estonteando de trabalho no Angico.

Alguns amigos aparecem. Comemos melancolicamente nozes, amêndoas, avelãs e passas de figo e uva. Bebemos um Moscatel. Penso nos tempos em que todos os anos, nesta noite, cintilava um pinheirinho na sala, e os Schnitzler vinham cantar-nos suas canções.

Stein me dá uma surpresa: traz-me um presente, um belo livro com reproduções em cores de quadros célebres. Passo-lhe um pito afetuoso, porque ele ganha pouco e o livro deve ter custado caro. Stein está excitado. Vem nessa exaltação desde o começo da batalha de Stalingrado. Atravessou um período de negro pessimismo e desânimo. Temi que ele caísse numa psicose maníaco-depressiva. (A terminologia é do Tio Bicho, não minha, porque não entendo direito dessas coisas.) Hoje nosso comunista está conversador, ri com espontaneidade, bebe, propõe um brinde ao Exército Vermelho. Bebemos todos, menos a Dinda, que não gosta de vinho e declara que nada tem a ver com a Rússia. Stalingrado ainda resiste, mas a batalha de Moscou terminou com a vitória das tropas soviéticas. "Stálin em pessoa comandou a defesa", repete Stein com orgulho.

"Olhando" para o pinheirinho enfeitado que minha imaginação armou no centro da sala, penso seriamente em adotar uma criança. Mas já sei que Jango não vai aceitar a idéia. Essa adoção poderia parecer aos outros uma confissão de impotência. E isso é coisa que nenhum Cambará (nem mesmo o Floriano) jamais admitiria.

1942

4 de fevereiro (no Angico)

Sonhei a noite passada com F. Como sempre, um sonho de frustração. Estávamos os dois, de noite, num grande jardim que era ao mesmo tempo um labirinto. Um buscava o outro, mas não nos podíamos encontrar. De repente caí numa cisterna (?) e estava me afogando quando acordei de repente, assustada.

São nove da manhã. Jango saiu para o campo antes de clarear o dia. A Dinda está na cozinha dando à cozinheira instruções para o almoço. Caminhando dum lado para outro debaixo dos cinamomos, na frente da casa da estância, esquadrinho a memória, buscando fragmentos do sonho. Não me lembro nunca de ter ouvido a voz de quem quer que fosse num sonho. É cinema mudo. Pura imagem. E é fantástico como essas imagens são fluidas, como se fundem umas com as outras, mais indefiníveis e inconstantes que nuvens em dia de vento. No sonho uma pessoa pode ser duas ao mesmo tempo e juntas serem ainda uma terceira. Num certo momento, Floriano era o dr. Rodrigo — o que me intrigava — e então eu não queria que ele me visse, pois o padrinho sabia que eu estava no jardim para me encontrar com F. E eu me lembrava agora do medo e do sentimento de culpa que sentia por estar ali àquela hora (alta madrugada) para me encontrar com um homem que não era o meu marido. Pensava em desculpas: "Mas não, padrinho, ele é mesmo meu irmão". E então de novo via Floriano, e ele me avistava, e nos aproximávamos um do outro, mas lá vinha um nevoeiro e os dois acabávamos outra vez perdidos e separados. Os momentos mais aflitivos do sonho eram aqueles em que eu percebia que F. *fugia* de mim propositadamente. Desde os dias da minha infância, F. foi sempre para mim "o que vai embora". Quando todas as crianças do Sobrado estavam reunidas, brincando, ele cruzava sem nos olhar e subia para a água-furtada. Depois veio a época do colégio em Porto Alegre. F. passava as férias de verão no Sobrado ou no Angico, e depois de novo voltava para o internato. Isso aconteceu muitas vezes... Em 1930 ele se mudou para o Rio com o resto da família. Não me lembro de ter chorado tanto na minha vida como nesse dia. Finalmente, de todos os meus companheiros de infância, os únicos que ficavam em Santa Fé era a Alicinha e eu. Ela morta no seu mausoléu. Eu triste na minha casa, que de certo modo era também um túmulo.

(Aqui estou de novo manquejando como a Palmira, pedindo piedade e esmolas a mim mesma.)

Nos meus seis, sete, oito e nove anos, o que eu tinha vontade de dizer a Floriano era: "Fica pra brincar com a gente". Quando comecei a ficar mocinha, meu ímpeto era de lhe gritar: "Fica! Fica *comigo*!". Acontece que gozo da reputação, talvez merecida, de ser uma pessoa silenciosa. Tenho pago um preço alto pelos meus silêncios.

Agora me lembro dum grande dia. 1932. Eu tinha quatorze anos. F. chegara a Santa Fé, acompanhando a família, que vinha para as férias de verão. Botei o meu melhor vestido, pintei-me às escondidas de minha mãe, e me toquei para o Sobrado. Faltou-me coragem para ir diretamente abraçar Floriano. Preferi que ele me encontrasse por acaso. (Nesse tempo eu lia Delly, Ardel e Chantepleure.) Fui diretamente para o quintal, sentei-me num banco, debaixo duma árvore, e ali fiquei numa pose de retrato, esperando que alguma coisa maravilhosa acontecesse. E aconteceu! F. surgiu a uma das janelas dos fundos da casa e ficou me olhando por muito tempo. Fingi que não o tinha visto, mas observava-o com o rabo dos olhos. Um calor me subiu às faces, me formigou no corpo inteiro. Senti-me meio suspensa no ar. "Meu Deus!", dizia eu para mim mesma, "meu Deus, não deixe que este momento acabe. Um pouco mais, só um pouco mais!" Acho que foi nessa hora que avaliei o quanto amava Floriano. Ah!, mas eu o considerava inatingível. Era um homem de vinte e um anos e eu, uma menina de quatorze.

18 de fevereiro (ainda no Angico)

Por que escrevo todas estas coisas que ninguém, mas ninguém mesmo, deverá nem poderá ler a não ser as outras Sílvias? Aqui no Angico trago este diário escondido numa cômoda antiga, da qual só eu tenho a chave. No Sobrado este livro fica guardado no fundo de outra cômoda, dentro duma caixa cuja chave por sua vez trago presa ao pescoço por uma corrente, como um escapulário. Se Jango chegasse a ler estas confissões, eu estaria perdida. A idéia me assusta e ao mesmo tempo fascina. Ficar completamente perdida não será o começo da salvação? Tenho uma amiga torturada por problemas conjugais que me confessou ter secretamente guardado um vidro de seconal. Diz ela: "Quando a situação ficar insuportável, engulo vinte e cinco comprimidos da droga e está tudo resolvido". Não creio que jamais ela tente o suicídio. Mas a idéia de ter a chave da porta da liberdade deve ser-lhe esquisitamente agradável. Suicidar-se para ela seria também um meio de vingar-se do marido, que lhe atormenta a vida.

Até que ponto escrevo este diário num desafio ao meu marido, num obscuro desejo de que um dia ele o descubra e leia, e a coisa toda se precipite sem que eu tenha a responsabilidade completa pelo desfecho? Até que ponto este diário é o meu veneno?

Mas eu já não escrevi que Deus é o motivo principal destas páginas?

7 de março

Eu gostaria de compreender melhor as outras pessoas. Seria um modo indireto de me compreender a mim mesma. Gosto de gente. Desejo que os outros gostem de mim. A minha vida não teria sido, toda ela, uma busca de amor? Quando penso nos dias da infância, me vejo uma menininha de pernas finas a caminhar pelas salas do Sobrado atrás de alguém, pedinchando que me aceitassem... Se havia coisa que eu temia era não ser querida. Às vezes me envergonho um pouco dessa atitude canina: o vira-lata em busca dum amo.

Por muito tempo, d. Flora me deu as roupas e sapatos que iam ficando pequenos demais para a Alicinha. Coisas de segunda mão. De certo modo, a menina pobre sentia que o amor que lhe davam era também de segunda mão.

Tudo quanto ficou escrito acima é um produto deste dia cinzento, que parece aumentar a sensação de vácuo que esta casa, que tanto amei noutros tempos, agora me dá.

8 de março

Gostamos de nos imaginar bons e generosos. Mas se nos debruçássemos sobre o poço de nossos sentimentos e desejos mais secretos, esse túnel vertical onde se escondem nossas maldades, mesquinhezas, egoísmos e misérias — estou certa de que não reconheceríamos a nossa própria face refletida na água do fundo.

De vez em quando, faço a experiência e sinto vertigens. Estou agora debruçada nas bordas do meu poço, fazendo uma sondagem no tempo.

Quando Alicinha morreu, chorei a perda da amiga. Mas no momento mesmo em que derramava as minhas lágrimas sinceramente sentidas, dentro de mim uma voz diabólica me segredava: "Agora vais ser a filha predileta do teu padrinho. E ficarás com todos os brinquedos e roupas da Alicinha". Esses pensamentos, que aparentemente aceitei sem remorso no momento em que me vieram à mente, me fazem mal *hoje*. Lembro-me de algo ainda mais terrível. Se eu invejava Alicinha, não era apenas por ela ser filha de Rodrigo Cambará, morar no Sobrado e ter todos aqueles vestidos bonitos e a boneca grande que falava. A menina Sílvia invejava também a beleza de sua amiga, que toda a gente elogiava. E quando a viu no seu esquife, lívida, esquelética, horrenda, não pôde evitar este pensamento: "Agora sou mais bonita que ela".

Todas essas lembranças me deixam perturbada. Se as menciono aqui não é por masoquismo, mas com a intenção de fazer exercícios de sinceridade... e de coragem. O poço deve ter outras revelações igualmente terrificantes. Se eu ficar por muito tempo debruçada nas suas bordas, olhando para o fundo, posso acabar no desespero. Mas sei que será um erro tentar entulhar o poço. Outro erro igualmente grande seria "cultivá-lo" morbidamente. A solução é iluminá-lo com a luz de Deus. E então suas águas ficarão puras. Espero que um dia isso aconteça.

26 de março

Um sonho, que se repete com variantes, me tem perseguido e angustiado nestes três últimos anos. Em essência é isto: homens que não conheço estão empenhados em demolir uma parede. Eu, imobilizada por inexplicável pavor, fico a olhar o trabalho, com o coração aos pulos. De repente compreendo por que estou apavorada. Emparedado entre aqueles tijolos está o cadáver duma mulher que "ajudei" a assassinar. Procuro chamar-me à razão. Não sou uma criminosa. Não seria capaz de matar ninguém. Não me *lembro* das circunstâncias do crime, mas *aceito o fato da minha cumplicidade* e sinto que estou perdida. Acordo alarmada e não consigo mais dormir. Levo algum tempo para me convencer de que tudo não passa dum sonho. A sensação de culpa, porém, permanece dentro de mim durante quase todo o dia seguinte.

A noite passada o sonho se repetiu. Voltei a uma casa que se parecia um pouco com a pensão onde vivi quatro anos em Porto Alegre, quando fazia o curso da Escola Normal. Uma velhinha encurvada, com um xale sobre os ombros, aproximou-se de mim com um papel na mão, dizendo: “Aqui está a conta que você se esqueceu de pagar”. Olhei o papel: era uma importância absurdamente elevada. Respondi: “Mas eu já liquidei essa conta! Estou certa que não lhe devo nada”. A velhinha sacudiu a cabeça tristemente. Depois me convidou a ir até o quarto que eu ocupara no tempo em que fora sua hóspede. Fui. Reconheci os móveis. De repente meu coração começou a bater com mais força, porque me *lembrei*(?) de que, debaixo das tábuas do soalho, jazia o corpo mutilado duma mulher para cujo assassínio eu tinha contribuído duma maneira para mim obscura. Como sempre, eu não me lembrava dos pormenores do crime, mas *aceitava a minha culpabilidade*. Acordei quase em pânico. Creio que este foi o mais desagradável de todos os sonhos pelo que teve de claro, e também pela intensidade de meu sentimento de culpa.

20 de maio

Passei a tarde no Sutil com os velhos. Como os invejo! Levam a vida que pediram a Deus. Sem compromissos mundanos, sem ambições, e possivelmente sem temores. Decerto aguardam a morte tranqüilamente, como quem espera a visita duma velha comadre. Amam o pedaço de terra onde vivem, cercados de árvores, flores e bichos... Sem telefone, sem rádio, em suma, sem essas máquinas que o velho tanto detesta. A guerra não chega a tocá-los. Babalo segue o noticiário dos jornais com certa curiosidade, mas noto que não acredita na metade das coisas que lê. Um dia me disse: "É impossível que exista no mundo tanta gente louca e malvada".

Durante a visita pensei freqüentemente em Floriano, por muitas razões, mas especialmente por causa da luz da tarde. Meu amigo dá sempre um jeito de meter nas suas histórias o outono, sua estação favorita. Enquanto eu caminhava ao lado do velho Aderbal pelo Sutil, freqüentemente era a voz de F. que eu ouvia. "Que luz macia! A paisagem parece estar dentro dum enorme topázio amarelo. A gente vê ou sente que há também uns toques de violeta na tarde, mas não sabe exatamente onde estão." Babalo me mostrou uma grande paineira, no alto duma coxilha, tranqüila no ar parado, pesada de flores rosadas. O velho percebeu o meu enlevo e disse: "Sabe o nome dessa árvore? Bibiana Terra". Mostrou-me depois um jequitibá alto e ereto: "Esta é a velha Maria Valéria". Levou-me a ver um ipê ainda novo: "Esta é a Sílvia". Olhou-me bem nos olhos e acrescentou: "Venha na primavera para ver como você fica bonita, toda cheia de flores amarelas".

Mas a mais bela de todas as coisas era a própria figura do velho Aderbal, com suas grandes mãos vegetais mas ao mesmo tempo tão humanas, sua pele tostada irmã da terra, e aqueles olhos que, de tanto olharem os largos horizontes da querência, pareciam cheios de distâncias, saudades e histórias. A gente custa a acreditar que Aderbal Quadros tenha sido o estancieiro mais rico da Região Serrana. Dizem que perdeu tudo que possuía por falta de competência administrativa misturada com falta de sorte e excesso de confiança no próximo. A meu ver, quem explica melhor o fenômeno é o Floriano. "O velho nunca se sentiu bem como homem de grandes posses. Sempre achou o lucro indecente e a distribuição de terras injusta. Tinha a vocação da pobreza. Foi ele mesmo que, talvez inconscientemente, *trabalhou* para a própria ruína."

Quando voltávamos para a casa, um crepúsculo grave pintava de vermelho e púrpura o horizonte. A tarde parecia afogar-se em vinho. O velho Babalo caminhava ao meu lado, mas calado, compreendendo decerto o que aquele momento significava para mim.

O ar era um cristal quase frio. Eu sentia o silêncio não só com os ouvidos mas também com os olhos, o tato e o olfato, porque o silêncio tinha um corpo, uma cor, uma temperatura, um perfume...

— Como vai essa tal de guerra? — perguntou o velho quando já entrávamos em casa.

Contei-lhe que a ofensiva russa em Krakov continuava vitoriosa. Ele sacudiu a cabeça lentamente. D. Laurentina me presenteou com um cesto cheio de bolinhos de milho. Quando se despediu de mim, deu-me a ponta dos dedos. Seu Aderbal me beijou a testa.

Bento me esperava no automóvel, à frente da casa. Voltei para o Sobrado com a alma limpa. Floriano costuma dizer que existem dias de duas, três e até quatro dimensões. Nos de duas, quase morremos de tédio. Nos de três, amamos a vida, vislumbramos o seu sentido, fazemos e criamos coisas... Nos de quatro... bom, os de quatro são pura magia. Passamos a fazer parte da paisagem, quase atingimos a unidade com o cosmos.

Tive hoje um dia quase quadridimensional. Que Deus abençoe esses dois velhos. E não Se esqueça muito de mim.

1º de junho

Estive relendo o que escrevi sobre minha visita ao Sutil, e me recriminando por viver tão longe da terra. Tenho feito esforços para amar o Angico. Jango insiste em dizer que eu detesto a estância. Não é verdade. O campo me encanta: as coxilhas verdes, o cheiro da grama, os claros horizontes, a sombra fresca dos capões, a sanga com a cascatinha, a sensação de desafogo que o descampado me dá... Mas quando começa a anoitecer fico tomada duma tristeza e dum sentimento de solidão tão grandes, que quase me ponho a chorar. Além disso, não tenho positivamente vocação para mulher de estancieiro.

A idéia dessa minha separação da terra não me é nada agradável, e me dá a sensação de ser uma "filha ingrata".

Curioso: minha mãe tinha uma pele um pouco cor de terra. Ela mesma era uma terra triste e seca, que produzia frutos escassos e amargos.

Por que escrevo essas coisas impiedosas? Elas me saem da pena espontaneamente. Não foram premeditadas nem desejadas. Não me deixam nada orgulhosa de mim mesma. Pelo contrário, me assustam, fazendo-me ver as víboras que se retorcem no meu poço interior. Luto com o desejo de arrancar fora esta página. Mas não. A página fica. É preciso desmascarar a Sílvia angélica. A imagem que pintei de mim mesma quando adolescente não corresponde à verdade. Devemos ter a coragem de examinar de quando em quando a coleção de faces que não usamos em público. A idéia da bondade me embriaga tanto quanto a da beleza. Não me considero uma criatura má. Mas quisera ser melhor, muito melhor. Fico alarmada ante o aparecimento súbito e indesejado dessa Sílvia capaz de escrever uma página como esta.

Aqui estou de novo a remexer no passado, a pensar num assunto que me tem preocupado muito nestes últimos cinco anos.

Minha mãe era viúva e muito pobre. Ganhava a vida como modista. Meu pai morreu quando eu tinha apenas três anos de idade e não deixou "nada a não ser dívidas", como mamãe não cansava de repetir. Cresci entre nossa meia-água e o Sobrado. O casarão dos Cambarás, com todos os seus moradores, divertimentos e confortos, me fascinava. Para falar a verdade, eu passava mais tempo aqui do que na minha própria casa. Isso irritava minha mãe, embora no fundo ela talvez tivesse um certo orgulho de ver a filha amiga dos filhos de um dos homens mais importantes de Santa Fé. Um dia ela me disse: "Teu pai gostava tanto dos ricos e dos poderosos, que não se sofreu de convidar o doutor Rodrigo para teu padrinho".

Era uma mulher triste e amarga, de pele oleosa e voz lamurienta. Teria sido preferível que gritasse comigo, que batesse em mim, a viver choramingando suas queixas, falando em morrer e ameaçando-me com o abandono da orfandade completa. Não me lembro de jamais tê-la visto sorrir. Costumava soltar longos suspiros que terminavam num "Ai-ai, meu Deus do céu!". Pedalava o dia inteiro, encurvada sobre a sua Singer, e em geral entrava noite em fora a trabalhar. "Estou ficando cega", dizia às vezes. "São estes panos pretos que me estragam a vista. Mas como é que pobre vai comprar óculos?" Essas coisas me doíam, e também me exacerbavam, fazendo que eu detestasse cada vez mais minha própria casa.

Lembro-me especialmente dos dias de chuva, em que eu andava dum lado para outro, com bacias e panelas na mão para aparar a água das goteiras. Nesses dias úmidos e cinzentos, eu ficava encolhida num canto, como um rato assustado, olhando para minha mãe, querendo pedir-lhe licença para ir ao Sobrado brincar com Alicinha, mas temendo a resposta negativa. O som da chuva, o ruído da máquina de costura, o cheiro de bolor da casa, os olhos da minha mãe... Que tardes inesquecíveis! Às vezes eu ia para a janela, encostava a cara na vidraça fria e ficava olhando o rio vermelho e encapelado que corria na sarjeta. Soltava nele meus navios de papel imaginários, pensando nos "meninos do Sobrado", e sentindo aos poucos o frio gelar-me os ossos.

Releio o que escrevi. Até aqui parece que nessa história toda só existe uma "vítima": a menina Sílvia. Só ela sofria. Só ela era incompreendida. Esforço-me para sentir piedade pela minha mãe — e não essa fria, calculada piedade intelectual, resultado da consciência dum dever —, mas uma piedade humana, quente, capaz de conduzir à compreensão e ao amor. Procuro meter-me na sua pele, sofrer nas minhas costas as dores que a lancinavam de tanto ficar encurvada sobre a máquina. Penso nas noites de solidão dessa mulher, viúva aos vinte e cinco anos, dessa criatura dotada dum temperamento ácido, que uma vida difícil agravara. Mas não posso evitar de pensar que às vezes ela me impedia de ir ao Sobrado por pura birra. Não *quero* pensar isso, mas penso. Mais duma vez, padrinho Rodrigo ajudou minha mãe com dinheiro, cuidados médicos e remédios. Foi ele quem custeou os meus estudos na Escola Normal. Minha mãe recebia mal todos esses favores. (Só percebi isso mais tarde, quando adolescente.) Sempre que Alicinha me dava um de seus vestidos ou um par de sapatos já usados, mamãe olhava para essas coisas e murmurava: "É triste a gente viver das sobras dos ricos".

Só Deus sabe como eu desejaria ter outras lembranças da minha mãe. Só Ele sabe como anseio por amá-la sem a menor reserva, de todo o meu coração.

Mas... vamos adiante. Tudo na minha casa me parecia pobre, triste e feio. Os bicos nus de luz elétrica pendiam do teto na ponta de fios que no verão se cobriam de moscas. As paredes caiadas ficavam manchadas de umidade no inverno. Não havia nessas paredes um único cromo. A cama de ferro desengonçada, coberta por uma colcha de retalhos de cores escuras ou neutras, mal cabia no cubículo que era o meu quarto de dormir. Lembro-me de outras coisas: a tábua de cortar carne da cozinha, toda lanhada de talhos e sempre recendente a cebola. O fogareiro Primus, onde minha mãe aquentava à noite as sobras do meio-dia. (Ah! Como eram patéticas as suas açordas!) As panelas de alumínio amassado. As tábuas largas do soalho, com grandes frestas por entre as quais a gente ouvia o ruído dos ratos à noite.

Para a criança que eu era, naquela casa só existia uma coisa bonita e luminosa: a fotografia de meu pai, que eu tinha perto da cabeceira da cama. Papai não devia ter mais de trinta anos quando tirou aquele retrato, pouco antes de morrer. Eu o achava um homem maravilhosamente belo. Tinha um sorriso cativante, uma testa alta, uma cabeleira negra e abundante, olhos meio enviesados e escuros, e um bigode preto. Eu o achava tão parecido com John Gilbert, que comecei a colar num caderno todas as fotografias desse ator de cinema que eu encontrava em revistas. Às vezes pedia a mamãe que me contasse histórias sobre meu pai. Ela não respondia ou então resmungava: "Boa bisca", e não dizia mais nada. Essa expressão não tinha nenhum sentido para a menina de seis anos. Por volta dos onze, encarreguei-me de suprir com a imaginação a biografia que mamãe me negava. Meu pai era marinheiro (sempre tive fascinação pelo mar, que até hoje não conheço), viajava principalmente no Mediterrâneo, tinha amigos em Malta, Creta e Chipre, usava um brinco na orelha e vendia belos panos de brocado de ouro, e pedras preciosas. Um dia, caçando na Índia, caiu do seu elefante e foi devorado por um tigre de Bengala. Eram histórias como essa que eu contava às minhas colegas na escola. Mas não ousava repeti-las aos "meninos do Sobrado".

Certa vez acordei em plena madrugada e ouvi o ruído da Singer. De repente a máquina cessou de rodar e um outro som me chegou aos ouvidos e me cortou o coração. Mamãe chorava aos soluços. Era inverno, o vento entrava pelas frestas das portas e janelas, e fazia muito frio dentro de casa. Cobri a cabeça com a colcha e comecei a chorar de pena de minha mãe.

Entre os "moradores" de nossa casa, havia um que me intrigava. Era o manequim em que mamãe ajustava os vestidos que fazia. Aquela "mulher" sem braços, sem pernas nem cabeça me assustava um pouco. Acho que esse medo me vinha da história que eu ouvira contar recentemente dum homem que matara e esquartejara a própria esposa, metendo seus pedaços dentro duma mala. O manequim na minha imaginação passou a ser a mulher esquartejada.

Jesus! Mas como foi que não pensei nisto antes? Aqui está talvez a explicação de meu sonho da outra noite. Claríssimo como um dia de sol! A *pensão* para onde voltei era a minha própria casa. A velha que me cobrava a dívida era a minha própria mãe, pois ficou em mim a idéia de que ela sempre me considerou uma filha ingrata, achando que não lhe *paguei* por tudo quanto fez por mim. Naturalmente eu também acho que a dívida não foi inteiramente paga, pois do contrário o sonho não me teria deixado um tamanho sentimento de culpa. Tenho vivido todos estes anos preocupada pela idéia de não ter retribuído com amor à minha mãe pelos seus "sacrifícios" (a expressão era dela, e eu a ouvi mil vezes). "Quando nasceste, tive eclâmpsia, quase fiquei aleijada." — "É pra te sustentar que me mato em cima desta máquina."

Agora que entrei nestas funduras, o melhor mesmo é ir até o

fim. É bem possível que, nos últimos anos de sua vida, quando ela estava em cima duma cama, paralítica da cintura para baixo, choramingando, queixando-se, exigindo constantemente a minha presença — é bem possível que nessas medonhas canhadas do espírito, nesses infernos que estão dentro de nós, eu estivesse alguma vez desejando que minha mãe morresse e que toda aquela horrível situação terminasse. A mulher morta dos meus sonhos, para cujo "assassínio" eu de algum modo havia contribuído, era a minha própria mãe. Quando adolescente devo tê-la enterrado simbolicamente nas paredes sepulcrais de nossa casa. (Li aos treze anos o *Gato preto* de Poe.) Ou debaixo das tábuas do soalho. (Ainda Poe: *O coração revelador.*) E agora me ocorre que a mulher mutilada era o manequim, que tantas vezes identifiquei com minha própria mãe.

Estou confusa e comovida. Para um dia só, basta! Faz horas e horas que estou escrevendo, e a mão me dói. Só a mão?

4 de junho

Quando mamãe morreu, meus olhos permaneceram secos. Eu, que me comovo com facilidade com as histórias tristes imaginárias que leio em romances ou vejo no cinema, não tive lágrimas para chorar a morte da criatura que me deu o ser. O que senti foi uma espécie de alívio, mas um alívio doloroso, desses que dilaceram o peito. Tudo isso, como é natural, aumentou meu velho sentimento de culpa, que se agravou mais tarde quando verifiquei que não sentia falta dela. Foram dias terríveis, aqueles! Jango fez o que pôde para me ajudar, mas meu marido é desses homens que só têm soluções para problemas práticos e concretos. Nesse tempo eu estava grávida de três meses. Rezava para que a criança nascesse perfeita e fosse uma menina. Ia pôr-lhe o nome de mamãe: Elisa. Trataria de dar à criaturinha, em dose dobrada, o que eu devia ter dado mas não dera à minha mãe. Mas perdi a criança. Vi nisso um pronunciamento divino. Foi no nevoeiro desse período crítico da minha vida que Deus tornou a desaparecer.

6 de junho

A noite passada, tive uma conversa privada com Irmão Toríbio. Contei-lhe de meus sonhos e da interpretação que lhes dei. Ele fez uma careta, encolheu os ombros e disse apenas: "Pode ser...". E em seguida, tratou de me consolar. "Mas, Sílvia, eu sei, todo o mundo sabe que foste incansável com tua mãe. Não saías do lado dela. Passavas noites em claro à sua cabeceira. Que mais pode uma criatura humana fazer por outra?"

Consegui resumir meu problema numa frase: "Eu queria ter feito por amor o que só fiz por um sentimento de dever. É isso que me dói".

O Zeca me olhou intensamente e depois perguntou: "Há quanto tempo não te confessas?". Respondi: "Eu tinha dezesseis anos a última vez". — "Por que não te confessas agora?" — "Com o padre Josué? Acho que o coitadinho não ouve direito o que a gente diz. E se ouve não entende." Irmão Toríbio apalpou o seu crucifixo: "Alguém mais estará também te escutando. E esse Alguém ouve e entende...".

Ficou algum tempo em silêncio, com os olhos cobertos pelas mãos. Depois, em voz muito baixa e lenta, disse: "Eu também tenho cá os meus problemas. A ti posso contar... Sinto remorsos do modo como sempre tratei a minha mãe. Eu me envergonhava de ser filho duma lavadeira... E quando descobri que era filho natural, revoltei-me contra ela e não contra meu pai. E agora que compreendo melhor a situação, a velha não está mais aqui para eu lhe pedir perdão, para lhe dar o carinho que ela merecia e que eu lhe neguei. O que me levou para a Sociedade de Maria deve ter sido o desejo de ser filho da mais pura das mães".

Olhei para o Stein e pensei comigo mesma: "Três matricidas".

1º de julho

A história de minha mãe volta a me perseguir. Irmão Toríbio vem almoçar conosco. As laranjas e bergamotas do Sobrado estão maduras. Convido o velho amigo a descer ao quintal para apanhar umas frutas. A princípio ele franze a testa, decerto achando estranho o convite. Depois, compreendendo a minha intenção, sorri e me segue. Levamos um pequeno balaio e começamos logo a trabalhar, dando a impressão de que discutimos apenas bergamotas e laranjas. Conto a Zeca algo que ainda não contei a ninguém.

Eu idolatrava meu pai, que para mim era uma fotografia e uma fantasia dourada. Um dia minha mãe me fez algo de cruel. Foi em fins de 1931, creio... Como eu lhe tivesse dito que meus sapatos estavam com as solas furadas e que naturalmente precisávamos comprar um par novo, ela fez um sinal com a cabeça na direção do retrato e, com fel na voz, disse: "Vai pedir ao teu maravilhoso pai que te dê dinheiro. Vai... Ele é o bom, o bonito, o inteligente, o tudo. Estás com treze anos, acho que já é tempo de saberes quem foi mesmo esse homem". Pôs as mãos na cintura e me encarou. Recuei para um canto, encolhida, com medo de ouvir o que ela ia dizer. "Pois era um vadio sem serventia pra nada. Escolheu a profissão de caixeiro-viajante pra poder andar na vagabundagem, de cidade em cidade, nas suas farras. Passava meses sem aparecer em casa. E se tu pensas que me mandava algum dinheiro para te sustentar, te comprar roupas, estás muito enganada. Gastava tudo que ganhava com essas ordinárias, nas pensões. Devia ter uma amante em cada cidade."

Eu tremia, queria pedir a mamãe que não dissesse mais nada, mas a emoção me amarrava a língua. Ela continuou a me martelar sem piedade: "Ah! Todo o mundo achava teu pai simpático. Tinha lábia, falava bonito, sabia contar anedotas, recitava poesias, tocava violão, trajava como um dândi. A antipática era eu, que vivia me massacrando em cima da máquina de costura. Pois fica tu sabendo que teu pai não prestava pra nada!".

Fez-se um silêncio. Quando pensei que a história tinha acabado, veio o golpe maior: "Antes que venhas a saber da coisa por outra pessoa, é melhor que eu te conte... O teu pai deu um desfalque na firma. Não foi pra cadeia graças ao doutor Rodrigo Cambará, que reembolsou o dinheiro à companhia. Teu belo pai era um ladrão!".

Saí correndo da sala, desfeita em pranto.

Irmão Toríbio escutou a história em silêncio. Durante toda a minha narrativa, não tínhamos parado de trabalhar. O balaio estava quase a transbordar de laranjas e bergamotas. Voltamos com ele para casa, devagarinho. Paramos por um instante ao pé da escada de pedra e eu disse: "Desde aquela hora não quis mais a fotografia de papai perto da minha cama. Um dia o retrato desapareceu. Acho que mamãe se encarregou de dar o sumiço nele. Não é mesmo uma coisa triste? O que eu não daria hoje para encontrar essa fotografia!".

Zeca sacudiu a cabeça: "Santo Deus, as coisas que a gente não sabe nem imagina! Pensei que tivesses tido uma infância feliz".

Tornei a falar: "O curioso é que não sofri *demais* por causa daquela revelação. Tu sabes, estava ficando mocinha, pensando em mudar o penteado, pintar o rosto, calçar sapatos de salto alto... E não te esqueças de que já então eu me considerava filha do doutor Rodrigo Cambará. Quem poderia desejar um pai melhor?".

"Mas achas que essa coisa não te deixou nenhuma marca?", perguntou Zeca.

Respondi: "Um talho pode não doer muito na hora em que é produzido, mas deixa uma cicatriz que, bem ou mal, a gente carrega vida em fora... Uma cicatriz que em certos dias comicha e nos leva a pensar na pessoa que nos feriu".

"Ainda com rancor?"

"Não, Zeca, mas com uma enorme tristeza. Porque não podemos deixar de perguntar a nós mesmos se a ferida era *necessária*."

23 de julho

A conversa que tive com Irmão Toríbio esta manhã me deixou pensativa. A coisa se passou assim: como eu tivesse criado coragem suficiente para lhe dar a entender que padrinho Rodrigo de certo modo me havia decepcionado, depois de sua mudança para o Rio, Zeca me disse: "Há dias me contaste como tua mãe destruiu a imagem ideal de teu pai que tinhas no coração. Agora me contas de tua desilusão com o teu pai adotivo... Está claro que desde menina tens andado em busca dum pai. Viste no doutor Rodrigo o pai quase perfeito, tanto física como moralmente. Será preciso que te abra os olhos para o fato de que durante toda a tua vida o que tens buscado mesmo é Deus? Está claro que precisamos de pais no tempo e no espaço deste mundo. Porém mais cedo ou mais tarde, por uma razão ou por outra (ou sem nenhuma razão), eles nos decepcionam... E não os podemos censurar por isso, porque no fim de contas são humanos como nós...". Irmão Toríbio ergueu-se, me olhou firme com aqueles olhos que numa hora são doces e meio tristes e noutra quase selvagens, e exclamou: "Não compreendeste ainda que o único pai que jamais te abandonará e jamais te decepcionará é Deus? Pensa nisso! Pensa nisso!".

25 de julho

Recebi ontem um exemplar do livro de Floriano, que acaba de ser publicado. A dedicatória é simples, mas para mim diz muito: *Para a Sílvia, velha amiga, afetuosamente.* Velha amiga. É isso que quero ser. Agora e sempre. Amiga no sentido mais profundo da palavra.

Já comecei a ler a novela com o encanto com que leio tudo quanto F. escreve. Não posso ser uma crítica imparcial duma pessoa que estimo tanto. Enquanto leio a história, tenho a impressão de estar ouvindo a voz do autor. E fico assim meio apreensiva, como uma mãe que vê o filho recitar em público. Medo de que ele esqueça o verso. Medo de que "faça feio". Medo de que os outros não gostem...

27 de julho

Terminei de ler *O beijo no espelho*. É a história dos amores apaixonados dum homem por quatro mulheres (uma de cada vez) em diversas idades: aos quatorze anos, aos dezoito, aos vinte e quatro e aos trinta e dois. O autor procura mostrar que todos esses amores foram sinceros. Parece querer provar que todo o amor é basicamente narcisista. O homem está sempre em frente do espelho. E quando beija a sua amada é a si mesmo que ele beija. A história foi inspirada por um poema de Mário Quintana que lhe serve de epígrafe.

Perguntas que me faço: será que Floriano acredita mesmo na sua própria tese? Até que ponto o romance é autobiográfico?

28 de julho

Ontem à noite discuti o livro de F. com Tio Bicho, que também já o leu. Pergunto-lhe que achou da história e da tese. Resposta: "Gosto mais do poema do Quintana".

Nunca sei quando o Bandeira está falando sério ou apenas fazendo blague. Digo-lhe que gostei do romance. Tio Bicho encolhe os ombros e declara que achou as personagens falsas: títeres sem sangue, sem vida própria, bonecos que apenas movem a boca. A voz que se ouve é sempre a do autor. E depois — acrescentou — essas personagens aparecem num vácuo, fora do tempo e do espaço.

Repliquei que não concordava com sua crítica. Ele sorriu, dizendo: "Está claro. Toda a crítica, quando favorável, é também um beijo no espelho".

Essas palavras me deixaram perturbada. Quis pedir uma explicação, mas não tive ânimo, temendo o que pudesse vir. E mesmo porque, a essa altura de nosso diálogo, o Jango tinha começado a prestar atenção no que dizíamos.

Mais tarde, Bandeira voltou ao assunto: "Queres saber qual é o problema do Floriano como escritor? É proprietário duma rica mina, mas não a explora em profundidade. Trabalha a céu aberto, contentando-se com o medíocre minério da superfície. Se ele cavasse nas entranhas da terra, estou certo de que encontraria os mais ricos metais. Talvez nem ele mesmo possa avaliar a riqueza de sua mina. Seu medo das cavernas, dos labirintos escuros das almas, o mantém na superfície da vida e dos seres. O nosso querido amigo é o homem do sol".

Fui dormir pensando nessas palavras.

30 de julho

Irmão Zeca me trouxe recortes de jornais e revistas católicos com críticas sobre *O beijo no espelho*. Os críticos são unânimes em condenar o que chamam de "preocupação erótica do autor". Um deles chega a classificar a história como pornográfica. Zeca, que leu o romance, está indignado. "Quando é que esses imbecis vão compreender que o pecado da carne não é o mais grave aos olhos de Deus? E que um escritor não pode fechar os olhos a esses problemas do sexo, que são uma das fontes mais infernalmente ricas de dramas, conflitos e neuroses? Infelizmente essa também é a atitude de grande número de sacerdotes católicos. Parecem achar que basta a uma pessoa não cometer adultério e não pecar contra a carne para ter sua entrada garantida no Reino dos Céus."

(Nas suas horas de indignação, Zeca, mais que nunca, fica parecidíssimo com o pai.) "Conheço verdadeiros monstros que são castos. Famigerados bandidos que nunca traíram as esposas. E depois, olhem o estado do mundo. O grande pecado do século é a maldade, a violência, a crueldade do homem para com o homem, o genocídio... As massas vivem na miséria e nós aceitamos pacificamente essa situação. Hitler mata milhões de criaturas inocentes e nós nos indignamos menos com tudo isso do que com a atividade sexual das personagens duma novela! Os campos de concentração na Europa estão cheios... O extermínio frio e calculado dos judeus continua... Por que nossos sacerdotes e nossos líderes católicos leigos não se preocupam mais com essas monstruosidades do que com o erotismo na literatura?"

Tio Bicho interrompeu-o: "Porque a Igreja, meu caro, quer estar sempre do lado dos vencedores, numa neutralidade que lhe torna possível a sobrevivência dentro de qualquer regime político". Zeca saltou: "A Igreja não! Alguns de seus príncipes, sim. Conheço cardeais, arcebispos e bispos que não considero verdadeiros religiosos, mas sim políticos, na pior acepção do termo. Têm a volúpia dos uniformes, das paradas, das condecorações, dos banquetes, do prestígio social, das honrarias mundanas... Babam-se de gozo na presença de presidentes, senadores, milionários, generais, comendadores... Têm verdadeiro horror ao povo, à plebe. E a todas essas se afastam cada vez mais de Cristo".

2 de agosto

Que é que a Dinda pensa de mim? Que é que sente por mim?

Nunca vi essa criatura seca de corpo, de palavras e gestos acarinhar qualquer dos sobrinhos. Quando eu era menina, ela me tratava como às outras crianças da casa, nem melhor nem pior. Estava sempre mais pronta a me criticar do que a me elogiar. "Sunga esses carpins, menina!" — "Vá lavar essa cara!" — "Não coma tão ligeiro!"

Num destes últimos serões de sábado, vendo d. Maria Valéria atravessar a sala, tesa e de cabeça erguida, Roque Bandeira cochichou ao meu ouvido: "Lá vai a Pucela de Santa Fé...", e eu terminei a frase: "... na sua armadura negra".

Discutimos depois a Dinda em voz baixa. Tio Bicho, que parece ter uma grande ternura pela Velha, definiu-a numa frase que para mim foi uma revelação. "Para dona Maria Valéria, amar é sinônimo de servir."

Depois falamos sobre as relações da Dinda com o Tempo. Acho que em sua cabeça o tempo do relógio e o do calendário se misturam com o atmosférico e juntos formam uma entidade fantástica e poderosa, que dirige a nossa vida, os nossos atos cotidianos e até o nosso destino. É a Dinda quem acerta o relógio grande de pêndulo e lhe dá corda. Agora que não enxerga mais, faz isso pelo tato. Uma vez me disse que o relógio é o coração da casa, e se ele parar o Sobrado morre. Claro que pronunciou essas palavras quase a sorrir, mas desconfio que no fundo é isso mesmo que ela pensa ou, melhor, sente. Fala do relógio grande como duma pessoa, a mais antiga da casa — um patriarca, um tutor, um juiz. É ele que diz quando é hora de comer, hora de trabalhar, hora de descansar, hora de dormir, hora de levantar da cama.

A Dinda está sempre atenta às passagens das estações. Há o tempo de ir para o Angico. O tempo de voltar do Angico. Tempo de fazer pessegada. Tempo de comer pessegada. Tempo de plantar. Tempo de colher.

Um dia, fitando em mim aqueles olhos cujos cristalinos a catarata velou por completo (e que parecem duas ostras mortas nas suas conchas abertas), ela me disse: "Acho que o relógio e o calendário se esqueceram do meu tempo de morrer".

Conto a Bandeira uma fascinante teoria da Dinda. Na verdade a idéia é da velha Bibiana. Mais ou menos assim: o tempo é como um barco a vela. Nos dias em que o vento sopra pela popa, o tempo anda depressa. Mas quando o barco navega contra o vento, então as horas parecem semanas e os meses, anos.

Tio Bicho gostou da teoria, sorriu e prometeu escrever um ensaio a respeito. Citando a velha Maria Valéria, naturalmente...

10 de agosto

Nosso grande Liroca aparece todos os sábados à noite no Sobrado e, como um namorado lírico, me presenteia sempre com uma flor.

Irmão Toríbio, que também não falta aos serões semanais, não vem nunca de mãos vazias. A flor que ele me traz é invisível para os outros. Como um moço de recados de Deus, ele deposita no meu regaço a rosa mística da fé.

23 de agosto

O Brasil declarou guerra às potências do Eixo. A cidade está agitada. Estouram foguetes. Grupos andam pelas ruas com bandeiras, cantando hinos, gritando vivas e morras. A coisa toda começou como um carnaval, mas à medida que as horas passavam, se foi transformando em algo de sério. Duma das janelas do Sobrado vejo, horrorizada, um grupo de populares atacar o Café Poncho Verde com cacetes, pedras e barras de ferro. Os guardas municipais assistem à cena de braços cruzados. Os manifestantes começam partindo as vidraças das janelas, depois entram no café e põem-se a quebrar espelhos, cadeiras, mesas — tudo isso em meio duma gritaria selvagem. A praça está cheia de gente. Os moradores das casas vizinhas vieram para suas janelas. O quebra-quebra dura mais de meia hora. Alguns assaltantes saem de dentro do café com braçadas de garrafas de cerveja e vinho, latas de compota, presuntos, salames... Ficam a comer e a beber no redondel da praça.

Contaram-me depois que a multidão desceu pela rua do Comércio e foi quebrando pelo caminho as janelas de todas as casas pertencentes a famílias de origem alemã. Nem os Spielvogel nem os Kunz — que são reconhecidamente antinazistas — foram poupados. Alguém sugeriu que empastelassem a Confeitaria Schnitzler. Ouviu-se uma voz: "Não! O Schnitzler é dos nossos!". "Qual nada!", berrou outro. "É alemão e basta." A multidão começou a entoar o Hino Nacional e a dar morras ao nazismo. O café foi invadido. Schnitzler mal teve tempo de fugir pelos fundos da casa com a família. Seus móveis foram tirados para fora e amontoados no meio da rua. Alguém jogou em cima deles o conteúdo duma lata de querosene e depois prendeu-lhes fogo. Dentro da confeitaria não ficou um vidro intato. Ao anoitecer os manifestantes ainda andavam pelas ruas, em pequenos grupos. Dizia-se que procuravam o Kern, o chefe nazista local, para dar-lhe uma sumanta.

Jango aprovou todos esses atos de violência. Justificou-se: "Eles puseram a pique os nossos navios, mataram patrícios nossos". Não me contive e repliquei: "*Eles* quem? Os Kunz? Os Schnitzler? Os Spielvogel?". Jango, excitado pelo "cheiro de pólvora" que andava no ar, perdeu a paciência: "Tu não entendes dessas coisas. Cala a boca". Ficou ainda mais irritado quando desatei a rir (um riso forçado de atriz amadora) e lhe disse: "Tu me mandas calar a boca ditatorialmente e no entanto detestas o Hitler porque ele é um ditador".

Pouco depois apareceu-nos o Stein. Lamentou todas aquelas violências sem propósito prático, toda aquela energia agressiva do povo tão mal dirigida. Contou que constava na cidade que José Kern havia fugido para a Argentina.

Só à noite é que patrulhas montadas da polícia saíram à rua para restabelecer a ordem na cidade. A batalha de Santa Fé estava terminada.

26 de agosto

Trecho de conversa dum serão de inverno. Garoa lá fora. Vidraças embaciadas. Estamos na sala de jantar. Dinda sentada na sua cadeira. Jango lendo um jornal junto da mesa. Uma panela cheia de pinhões cozidos em cima dum braseiro. Uma estufa de querosene, com uma chaleira com água fervendo em cima, para tirar a secura do ar. Enquanto os outros tomam licor de butiá e discutem a guerra, Irmão Toríbio e eu, a um canto da sala, conversamos sobre os problemas da fé. Falo-lhe de meus momentos de dúvida e desesperança. Ele me escuta em silêncio, a testa franzida, mastigando um pinhão e olhando para as suas botinas pretas de bicos esfolados. Quando me calo, ele diz: "O fato de acreditarmos em Deus não elimina necessariamente todas as nossas dúvidas a respeito da vida e mesmo do próprio Criador. Eu cá tenho as minhas 'diferenças' com Deus. Qual é o filho que não briga de vez em quando com o pai? Isso significa que ele deixa de amar o Velho? Ou que cessa de acreditar na sua existência? Ou na sua bondade? Está claro que não. E vou te dizer outra coisa importante".

Levantou-se, aproximou-se da panela, apanhou outro pinhão, descascou-o e ficou a comê-lo com ar distraído, como se tivesse esquecido do que ia dizer. Depois tornou a sentar-se a meu lado e disse baixinho: "Olha. Os grandes arranha-céus têm a capacidade de oscilar com o vento... Sabias? Pois é. Se não oscilassem, viriam abaixo. Assim é a fé. Uma fé dura e inflexível pode transformar-se em fanatismo ou então quebrar-se. A fé que se verga como um junco quando passam as ventanias, essa resiste intata. Portanto, não te preocupes. Continua a duvidar. Deus está acostumado a essas nossas fraquezas".

14 de setembro

O vento da primavera soprou para Santa Fé outro fantasma do passado: Don Pepe García, o pintor espanhol, autor do retrato do padrinho. Está uma ruína. Bateu à nossa porta e, com ar dramático, pediu uma côdea de pão e um púcaro d'água. A Dinda deu-lhe um *puchero* suculento e uma garrafa de vinho. O castelhano contou-nos sua odisséia através do Brasil, desde que deixara Santa Fé, em fins de 1920. Atravessou o Mato Grosso e Goiás, pintando a fauna e a flora dessas regiões. Esteve prisioneiro dos xavantes, que quase o mataram. "O que me valeu foi eu ter comigo meus pincéis e minhas tintas. Conquistei o chefe da tribo pintando seu retrato." (Jango acha que tudo isso é pura invenção.) Ao cabo de todas essas aventuras, velho e cansado, não tendo recursos para voltar à Espanha, o artista decidira vir morrer em Santa Fé. "Mas não aqui em casa!", disse a Dinda, mais que depressa. O pintor a encarou com olhos graves e respondeu: "Não, madama, fique tranqüila. Morrerei em qualquer sarjeta, como um cão".

Pediu-nos que o deixássemos sozinho por alguns instantes na sala de visitas, na frente do Retrato. Fizemos-lhe a vontade. Dentro de poucos minutos chegaram até nós os sons de seus soluços. Mais tarde seus passos soaram leves na escada. Ouvimos a batida da porta da rua ao fechar-se. E por vários dias não tivemos mais notícias do homem.

Tio Bicho nos contou depois que Don Pepe está trabalhando, mas sob protesto, para o Calgembrino do Cinema Recreio, para o qual pinta cartazes e — humilhação das humilhações! — tem de carregá-los às costas para colocá-los nas esquinas.

3 de novembro

O primeiro a chegar para o serão é o velho Liroca. Vem alvorotado, nem nos diz boa-noite. Atira logo a notícia: "A ofensiva do Montgomery no Egito está vitoriosa. Os ingleses estão expulsando a alemoada a pelego!".

Senta-se, queixa-se de que passou um dia mau, com o "diabo da asma". Entram pouco depois Tio Bicho e Stein, ambos muito animados. Mando servir cafezinhos. Eles me acham abatida. Que é que tenho? Respondo que não tenho nada. Mas na realidade tenho tudo. A semana passada fui ao consultório do dr. Carbone, e ele me assegurou que eu estava grávida. Dei logo a boa-nova a Jango, que exultou. No entanto hoje minhas esperanças morreram, afogadas numa onda de sangue mau.

Jango está no Angico. Não sei como dar-lhe a triste notícia.

O vento da dúvida sopra de novo. Minha fé se curva como um junco sobre a água, para não se quebrar. O tempo amanhã pode melhorar.

1943

5 de fevereiro

Depois dum cerco que durou um ano e quatro meses, Stalingrado está livre. Os alemães, vencidos, se retiraram. Foi uma das mais ferozes e longas batalhas desta guerra. Stein afirma que a combatividade, a eficiência e o heroísmo dos soldados soviéticos são a prova mais eloqüente das verdades e excelências do regime comunista. Tio Bicho encolhe os ombros e replica: "Nessa mesma linha de raciocínio, podemos também afirmar que o nazismo é o melhor regime político que existe no mundo, pois os exércitos do *Führer* em poucos meses conquistaram quase toda a Europa". Stein não reage. Noto que anda preocupado, inquieto. Contou-me que foi repreendido pelo Comitê Central do Partido por causa dum artigo polêmico que publicou em torno de problemas específicos do comunismo no Brasil. O que mais lhe doeu foi um dos jornais do PCB ter se referido a ele como a "um membro disfarçado da canalha trotskista". Stein passa o resto do serão num canto, silencioso e abatido. Parece um bicho acuado e cansado, que desistiu de lutar. Julgo ver em seus olhos uma expressão de medo.

28 de fevereiro

Faz uma semana, Stein voltou de Porto Alegre, aonde fora a chamado do Comitê Estadual do PC. Ainda não nos apareceu. Que teria havido com ele? Tio Bicho me conta uma história que me deixa embasbacada. Stein foi expulso do Partido como traidor. Pergunto sobre seu estado de espírito. Bandeira responde: "Está um trapo humano. Um saco vazio". Explica-me que essa expulsão implica a destruição completa de sua folha de serviços à causa do comunismo. "É toda uma vida de lutas e de sacrifícios que se vai águas abaixo. Pior que isso: que é eliminada, como se nunca tivesse existido." Mando pelo Tio Bicho um recado ao Stein. Peço-lhe que venha ao Sobrado. Na realidade não tenho vontade de *vê-lo*, mas quero ajudá-lo de alguma maneira. Mas como? Desgraçadamente não tenho nenhum bálsamo para as suas feridas.

30 de março

Com a escassez de gasolina, quase todos os automóveis de Santa Fé desapareceram da circulação. Apenas umas quatro ou cinco pessoas instalaram gasogênio em seus carros.

Hoje de manhã vi no nosso quintal uma cena cômica: o Bento de ventarola em punho avivando as brasas do aparelho de gasogênio de nosso Chevrolet.

Quando me viu, disse: "Pois é, sia dona, tenho feito de tudo na vida. Fui piá de estância, peão, tropeiro, carreteiro, boleeiro de carro e de jardineira... Quando o doutor inventou de comprar automóvel, tive de virar chofer. Primeiro foi um carro alemão. Depois veio um Ford de bigode, e depois um Ford sem bigode. Mais tarde, um Chevrolet. Agora... estou aqui que nem cozinheira, querendo acender este fogareiro".

Bento esqueceu modestamente de mencionar as outras coisas que tem sido, na paz e na guerra, e que são incontáveis. É o homem dos sete instrumentos. Sabe fazer tudo, e faz bem. Pessoas existem que cometem um único e grande ato de heroísmo e passam para a história da sua comunidade, de seu país ou da humanidade. O Bento é um tipo de herói cuja presença e valor ninguém nota, porque ele atomizou, fragmentou seu heroísmo em dezenas de milhares de pequenos gestos e atos cotidianos através de toda a sua vida, de tal maneira que eles não deram e não dão na vista.

Apesar de conhecê-lo desde menina, não sei qual é o seu sobrenome. Para mim ele sempre foi simplesmente o Bento, parte dos móveis e utensílios do Sobrado e do Angico. E isso me bastava. Mas é triste. Prova o quanto somos descuidados e ignorantes em matéria de relações humanas.

1º de abril

Releio o que escrevi anteontem sobre o Bento. Aceitamos as pessoas e as situações porque elas *estão aí*. Por puro hábito. E acabamos não as vendo nem sentindo mais. Um exemplo é a maneira como nos resignamos com a pobreza (dos outros), a miséria e as injustiças da sociedade em que vivemos, ao mesmo tempo que continuamos a nos considerar bons cristãos e a viver nossas vidas como se a ordem social vigente fosse um ato irrevogável de Deus. Absurdo! Cristo foi um revolucionário. Derrubou um império e instituiu uma nova ordem social.

O Purgatório, o Barro Preto e a Sibéria nada mudaram desde meu tempo de menina. Muitos ou, mais precisamente, quase todos os habitantes dessas zonas da cidade vivem em regime de fome crônica. É a miséria do pé no chão. A miséria do molambo. A mortalidade infantil entre essa pobre gente é aterradora. Praticamente não há inverno em que alguém não morra de frio nesses sinistros arrabaldes de Santa Fé.

Às vezes me ponho a pensar nessa situação e chego à conclusão de que sou uma pessoa inútil e covarde. Tenho tentado fazer alguma coisa, no meu âmbito familiar. Mantenho no Angico uma escolinha para filhas e filhos de peões, agregados, posteiros não só de nossos campos como também das estâncias vizinhas. Dou-lhes todo o material escolar de que necessitam. Faço isso durante dois meses no verão, dois no outono e um na primavera. É um prazer ensinar essas criaturinhas a ler e a fazer as quatro operações. Dou-lhes também algumas noções de geografia, astronomia e história do Brasil. Sim, e de higiene. Tenho uns três ou quatro alunos excepcionais. Um deles — um piá de tipo indiático — tem um talento especial para a aritmética. Faz contas de cabeça como uma pequena máquina, rápido e certo. Chamo-lhe "o Einstein do Angico". Uma neta da Antoninha Caré faz desenhos com lápis de cor que causariam inveja a muito pintor primitivo. A neta do Bento, uma guria de olhos vivos e inteligentes, mas quieta e arisca, modela em silêncio seus bonecos de barro com uma habilidade e com um bom gosto que me deixam comovida. A maioria dessas crianças não tem a menor idéia do que existe para além dos horizontes daquelas campinas.

Nas horas de aula, sinto-me feliz, tenho a sensação de estar fazendo alguma coisa decente, humana no melhor sentido. Mas isso é tão pouco! Penso em iniciar na cidade algum movimento com o fim de melhorar a vida de nossos marginais, mas as esposas dos nossos comerciantes e estancieiros acabam transformando tudo em "festas de caridade", oportunidades para exibirem seus vestidos e terem seus nomes nos jornais. Tudo isso me desencoraja e faz recuar.

Estou de acordo com Stein num ponto. Não é com *caridade* que se vai conseguir melhorar a vida dessa pobre gente, mas com uma reforma social de base. Na minha opinião, porém, a solução não está nos métodos stalinistas. Alguém escreveu que o mal de nossas revoluções é que elas começam com a violência, para imporem um ideal, mas depois o ideal fica esquecido e permanece apenas a violência.

E como é fácil recorrer à brutalidade! Como é *natural*! Como isso está de acordo com a nossa condição animal. Parece fora de dúvida que a violência goza de mais popularidade que a persuasão. Floriano me disse um dia que nos seus tempos de menino o público que ia ao cinema torcia unanimemente pelo mocinho e detestava o bandido, o "cínico" (em geral um sujeito de bigode). Mas duns tempos para cá a situação mudou. Para principiar, o bigode já não indica mais nada do caráter da personagem. Depois que começaram a aparecer os filmes sobre os gângsteres de Chicago, é comum a gente se surpreender a torcer pelo criminoso, a desejar que ele leve até o fim o seu plano de assassínio, ou o roubo do banco tão engenhosamente planejado. Não é mesmo horrível? Conheço pessoas aqui em

Santa Fé que admiram Hitler e seus métodos, dizendo: "Ah! Com ele é pão-pão, queijo-queijo". É muito comum ouvir-se dizer: "O que o Brasil precisa é dum banho de sangue". Não há nada que perturbe mais Floriano do que frases como esta. "É pura magia negra!", disse-me ele certa vez. "E sujeitos aparentemente sensatos e pacatos repetem essa monstruosidade. Eu poderia citar mil casos na história em que esses famosos banhos de sangue não curaram nenhum mal social. Pelo contrário, em geral agravaram os já existentes, criando mais ódio. Os partidários do 'banho de sangue' deviam procurar imediatamente um psiquiatra."

23 de abril

Uma surpresa! Uma carta de Floriano. Sinto-me como que iluminada por dentro. É bom tornar a ouvir a voz dum amigo ausente. E principalmente palavras como estas: "Escrevo-te porque preciso desabafar com alguém que eu sei que me compreende". Quatro páginas datilografadas em que ele me conta de suas "ensolaradas angústias californianas".

30 de abril

Irmão Toríbio me visitou ontem à noite. Chovia, e ele veio enrolado no seu capote preto, que lhe dava o ar duma personagem de romance de capa e espada. Nenhum dos outros amigos apareceu.

O vento soprava a chuva contra as vidraças. A Dinda permaneceu no seu quarto. Laurinda nos trouxe café com bolinhos de polvilho.

Zeca me falou em Deus, em voz baixa, como quem conta um segredo. De todas as coisas que me disse, as que me ficaram mais vivas na memória são as que seguem.

*

A solidão e o tédio são as duas mais graves doenças de nossa época. Podem levar o homem ao desespero e ao suicídio. (Quem foi mesmo que escreveu que é o tédio que leva as nações à guerra?) São enfermidades do espírito a que estão sujeitas principalmente as pessoas sem fé. Porque não pode sentir-se só quem conta com Deus, a mais poderosa e confortadora presença do Universo. Não pode sucumbir ao tédio quem sabe apreciar em toda a sua riqueza, beleza e mistério o mundo e a vida que o Criador lhe deu.

*

Um homem pode matar-se das mais variadas maneiras. Uma delas é negar Deus. Quem nega a existência do Criador logicamente está negando a vida da criatura.

*

A solidão e o tédio podem arrastar uma pessoa não só ao suicídio violento como também ao lento, por meio da bebida e dos entorpecentes. Outra forma de suicídio — essa no plano moral — é a promiscuidade sexual, que, em última análise, é o desejo diabólico de degradar o próprio corpo e o corpo dos outros.

*

Não tenho paciência com esses fariseus que têm medo até de pronunciar a palavra sexo. O ato sexual realizado com verdadeiro amor só pode ser agradável aos olhos de Deus. Não devemos ter vergonha de nossos corpos. Mas não podemos esquecer que há um tipo de união sexual que significa vida e outro que significa morte.

*

Por fim Irmão Toríbio me falou numa carta que recebeu de Floriano, datada de Berkeley, Califórnia. Comentando-a, disse: "O nosso querido amigo parece estar começando a preocupar-se com dois problemas. Um é o da sua ansiedade diante do Nada, do não-ser, da morte. O outro, o da extensão e natureza de sua responsabilidade para com as outras criaturas humanas. Respondi-lhe que me alegrava sabê-lo às voltas com essas cogitações, mas na minha opinião esses dois problemas, apesar de terem uma importância enorme, não passam de subsidiários do supremo problema, isto é, o da situação do homem perante Deus".

Ao despedir-se, Zeca sorriu e disse: "Deus tem de existir nem que Ele não queira. Porque está comprometido conosco, não, Sílvia?".

---

2 de março (no Angico)

Acordei antes do raiar do sol. Jango tinha já saído para o campo. Levantei-me e fui olhar o nascer do dia. Que espetáculo! Os galos encarregaram-se do acompanhamento musical. Quando o sol apontou no horizonte, sua primeira luz se refletiu nas folhas do coqueiro torto, no alto da coxilha onde estão as sepulturas do velho Licurgo e do velho Fandango.

Como é que vou descrever o cheiro das manhãs do campo? Só me ocorre compará-lo com o dum bebê. Algo de fresco e úmido, recendente a leite e à vida que começa. Não posso deixar de sentir que o cheiro da grama é verde. A névoa parece ter um aroma próprio, bem como a terra molhada de orvalho.

Quem me pegou este vício de sentir o mundo pelo olfato foi Floriano. Não conheço ninguém mais sensível que ele a cheiros. Quando um resfriado lhe tira o sentido olfativo, costuma dizer que a vida perdeu para ele uma dimensão importante.

No céu pálido, algumas estrelinhas opiniáticas insistiam em fingir que ainda não tinham percebido que já era dia. O sol a princípio tinha o ar dum convalescente, mas depois ganhou força, se fez homem e as campinas entregaram-se a ele em amoroso abandono.

Pensei no dia da Criação. Cerrei os olhos e imaginei que o hálito de Deus me bafejava o rosto. Tudo isso e mais a sensação de fraqueza que me vinha de ter o estômago vazio, me puseram tremuras no corpo.

Ao pé da mangueira, bebi um copo de leite que trazia ainda o calor dos úberes da vaca. Em casa a Dinda me esperava com um café e uns bolinhos de coalhada. Encontrei junto da minha xícara um pacote envolto em papel de seda. Li o cartão que o acompanhava. Dizia apenas: *Feliz aniversário, minha querida. Beijos do Jango.* Ele não esqueceu, pensei com satisfação. Abri o pacote. Era um belo relógio com brilhantes. Comecei a chorar como uma colegial. Dinda naturalmente não viu minhas lágrimas. Apertou-me a mão rapidamente e disse: "Parabéns". As ostras mortas dos olhos fitaram-se em mim. Levantei-me e beijei o rosto da velha, que resmungou: "Ué! Que bicho le mordeu?".

Boa pergunta. Que bicho me teria mordido? Pode-se comparar a fé a um bicho? Talvez. Um pássaro... Mas não tenho medo de ser bicada por ele. Pelo contrário, quero pegá-lo, prendê-lo numa gaiola. Mas trata-se dum animal arisco. É por isso que nestes últimos tempos ando caminhando na ponta dos pés e falando baixo, para não espantá-lo.

Lá fora está um dia de ouro e esmeralda. A imagem pode ser vulgar, mas é a melhor que encontro. Ouro, esmeralda e porcelana azul.

Resolvi que Deus não pode deixar de existir. Porque eu preciso d'Ele. Porque o mundo precisa d'Ele. Duas boas razões, não é mesmo?

Já sei o que vou fazer daqui a pouco: procurar um lugar onde haja paz e sombra para meditar. O Capão da Jacutinga, por exemplo. Bom para um encontro com Deus. Espero que Ele não falte.

Olho para a folhinha, na parede. Não é mesmo engraçado? Estou completando hoje um quarto de século de existência.

15 de junho

Carta de madrinha Flora. Como sempre serena, amiga e contida. Eis uma pessoa que não se abre com ninguém. Não pode deixar de sofrer com o comportamento do marido, que parece piorar de ano para ano. No entanto ela nada diz a esse respeito. Mais de uma vez esperei dela uma confidência, uma palavrinha que fosse, assim como uma espécie de senha para entrarmos no "assunto". Nada. Nunca. Não vou esconder de mim mesma que sempre gostei mais de meu padrinho que dela, embora a ame também e goste de sua presença fresca e sedativa. Durante todo o tempo em que vivi no Sobrado, como menina e como adolescente, d. Flora sempre me tratou com um carinho discreto, nunca me fazendo sentir como uma estranha à família. Padrinho uma que outra vez perdeu as estribeiras e gritou comigo, o que me deixou primeiro assustada e trêmula e depois chorosa e sentida.

Por falar a verdade, a minha verdadeira "sogra" tem sido a Dinda. Mas não temos conflitos. Desde meu primeiro dia de casada, entreguei à Velha — com alegria, confesso — a direção da casa. É ela quem determina o que se deve comprar no armazém, o que se deve fazer para o almoço ou para o jantar. É ela quem dá ordens às criadas. A esta altura da vida, quem quererá ou poderá tirar esse cetro das mãos da Velha?

Desde que a família se mudou para o Rio, minha madrinha tem sido uma espécie de turista no Sobrado. Volta todos os verões, mas passa a maior parte de janeiro e fevereiro no Angico.

Ao primeiro exame, d. Flora parece uma criatura simples, duma transparência de cristal. Não teve mais que uma educação elementar, mas seu bom senso, sua inteligência natural e essa admirável escola do velho Babalo contribuíram para fazer dela uma grande dama. Está claro que o convívio com o marido melhorou suas letras.

Não. Madrinha Flora não é um cristal. O que ela tem é essa transparência ilusória da porcelana. No fundo seu silêncio deve ser uma liga de pudor e amor-próprio, que produz um metal duma resistência extraordinária. Está habituada à vida do Rio e já não poderia mais viver feliz em Santa Fé. A princípio não compreendi bem por quê. Um dia ela me contou que seus primeiros três anos na capital federal, como mulher dum político de certa importância — com todas essas obrigações de tomar parte em recepções, coquetéis, jantares, campanhas de caridade —, foram para ela difíceis e cansativos. Um dia decidiu pôr fim a tudo isso e viver a sua vida, de acordo com seu temperamento. Foi então que descobriu que é mais fácil ter uma vida privada no Rio de Janeiro do que em Santa Fé...

Que ela e padrinho Rodrigo não vivem como marido e mulher, não é mais segredo, embora o assunto seja tabu na família. Tio Toríbio no último ano de sua vida andava preocupado com as "mudanças" da cunhada. Dizia: "Como é que uma gaúcha de boa cepa como a Flora, cria do velho Babalo com a velha Laurentina, pode gostar tanto do Rio a ponto de esquecer nossa terra?". Confesso que nunca me preocupei com essa situação. Como é o caso de tantas outras damas do Rio Grande que para lá se mudaram com os maridos depois de 30 (e a esposa do presidente parece ser um exemplo), acho-a incorruptível.

Há um problema que me preocupa há muito, mas sobre o qual não tenho querido pensar e muito menos escrever: padrinho Rodrigo.

Mas hoje não! Fica para amanhã. Ou para depois de amanhã. Ou para o dia de são Nunca.

20 de julho

Quem me contou a primeira história desagradável a respeito de meu padrinho foi minha própria mãe. Por muito tempo, reprimi essa lembrança, que agora me volta com uma intensidade inquietante. Eu devia ter quase quatorze anos. Os Cambarás estavam em Santa Fé, tinham vindo para passar o verão de 1932-1933.

Uma tardinha voltei para casa alvorotada, contando o que vira e ouvira no Sobrado. Estava encantada com os presentes que meus padrinhos me haviam trazido: um vestido de organdi cor-de-rosa e um par de sapatos de salto alto. Mamãe olhou para todas essas coisas sem muito entusiasmo. Soltou um de seus suspiros profundos e continuou a pedalar a Singer.

Olhei para um número d'*A Voz da Serra* que estava em cima duma mesa. Na primeira página, vi a notícia da morte duma mocinha do Purgatório, que tomara veneno por ter sido desonrada por um homem casado, cujo nome o jornal ameaçava revelar, caso o "sedutor" não confessasse seu crime espontaneamente. Li apenas os cabeçalhos. Nunca simpatizei com aquele jornal mal impresso em papel áspero, com seus clichês borrados e as enormes tarjas negras dos convites para enterro, que deixavam as mãos da gente sujas dum pretume macabro. Mas minha mãe, percebendo que eu tinha lido o título da notícia, murmurou: "Aposto como o bandido é um desses graúdos de colarinho duro". Eu nada disse. Estava cheia da luz e do calor humano do Sobrado, e principalmente de meu amor por Floriano. Mamãe, porém, não me deu trégua: "É bom a gente não se iludir com os homens. São todos iguais. Todos!". A conversa podia ter parado aí, porque eu não disse palavra. Não consigo compreender — por Deus que não consigo! — por que minha mãe levou o assunto tão longe. Que secretas reservas de ódio ou ressentimento teria ela para com o dr. Rodrigo, para dizer o que disse depois? Eis suas palavras cruéis: "Teu padrinho mesmo, que parece tão direito, não é diferente dos outros... Um dia fez mal para uma moça e a coitada se matou". Gritei: "É mentira!". Minha mãe me olhou, espantada: "Morde essa língua, desaforada!". Saí da sala e me meti no quarto. Mamãe, porém, me seguiu: "Se achas que estou mentindo, pergunta às pessoas que sabem. Foi em 1915. Tu nem eras nascida, mas eu me lembro. A moça era alemoa ou coisa que o valha. Uma família de músicos. Tomou veneno. Toda a cidade ficou sabendo". Eu não queria escutar. Estendida na cama, com a cabeça debaixo do travesseiro, tapava os ouvidos com as mãos. Minha mãe, percebendo decerto que tinha se excedido, calou-se. Depois, passando a mão de leve pelo meu ombro, murmurou, já com voz lamurienta, como se ela fosse a única vítima em tudo aquilo: "Se te contei isso, foi para o teu bem, para estares preparada. Teu padrinho é uma boa criatura, mas não é nenhum santo. É um homem como os outros. Agora que estás ficando mocinha, tens de aprender essas coisas tristes e feias da vida".

À noite, na cama, pensei, ainda perturbada, na história de Toni Weber. Conhecia sua sepultura muitíssimo bem. Todos os anos, no Dia de Finados, eu costumava levar flores ao jazigo dos Cambarás, ao túmulo do ten. Quaresma e ao da suicida.

No dia seguinte, a história me saiu quase por completo da cabeça. E por uma razão muito forte. Eu estava concentrada numa idéia: fazer-me bonita para me apresentar de novo a Floriano.

22 de julho

Curioso. Depois da perturbadora história que minha mãe me contou, passei a encarar o nome Toni Weber de outra maneira. É fantástico como só agora me lembro disso. Comecei a pensar na suicida com uma pontinha de ciúme. Recusava culpar meu padrinho pelo que tinha acontecido. Preferia responsabilizar a moça por tê-lo "seduzido". E pensando naquela tragédia amorosa, eu me compadecia não só de madrinha Flora como de mim mesma. Ambas tínhamos sido vítimas duma intrusa que um dia tentara nos roubar a afeição do homem que amávamos.

Não quero exagerar, mas penso que já no Dia de Finados do ano seguinte não visitei a sepultura de Toni Weber. Quando levaram os restos do ten. Quaresma para a sua terra natal, meus "interesses sentimentais" naquele cemitério concentraram-se exclusivamente no mausoléu dos Cambarás.

Agora mesmo neste momento em que, mulher-feita, tento reexaminar o assunto e "reabilitar" (se tal é o caso) a memória de Toni Weber, sinto-me ainda um pouco inibida. Move-me a curiosidade e ao mesmo tempo o temor de saber toda a verdade sobre essa triste história.

Mas voltemos aos vivos. Meu padrinho foi sempre o meu herói. O mais belo homem do mundo. O mais valente. O mais justo. O mais inteligente. O mais generoso. Se era possível a um ser humano atingir a perfeição, padrinho a tinha atingido. Era assim que eu pensava e sentia quando menina e adolescente. Era cega, *queria* ser cega a tudo quanto tendesse a manchar ou desmanchar essa imagem ideal. Refugiava-me no castelo fortificado de minha devoção, fechava as portas, erguia as pontes levadiças e resistia a todas as tentativas que o mundo fazia para me destruir o belo sonho. Mas como foi que o inimigo penetrou nas minhas muralhas? Era fácil resistir aos ataques frontais, fogo contra fogo e ferro contra ferro. Mas era quase impossível evitar a entrada de agentes secretos. Hoje toda uma quinta-coluna está irremediavelmente instalada dentro do castelo. Já não sou mais senhora de minha cidadela. Recolho-me a uma torre, último reduto que estou decidida a defender a qualquer preço. É a torre do amor. Do amor que não julga, que não pede explicações nem definições. Do amor que se basta a si mesmo.

25 de julho

Creio que só lá pelos meus dezoito anos é que comecei a me interessar um pouco pela política nacional, isto é, a prestar atenção nas personalidades e nas notícias, relacionando umas com as outras a ponto de ter pelo menos uma idéia vaga da situação geral. Eu sabia que meu padrinho era o que se chamava um "figurão da política", um dos "homens do Catete". Isso me dava um grande orgulho e uma satisfação especial, porque, como a maioria das meninas da minha geração, que atingiram a adolescência no princípio da era getuliana, eu tinha uma pronunciada simpatia pelo presidente Vargas. Gostava até mesmo de seu físico, que era a negação da estampa clássica do herói. Sentia-me atraída pelo seu sorriso aberto, e por um certo ar de serenidade e limpeza que envolve sua pessoa. É um homem que impõe respeito sem precisar fechar a cara nem levar a mão ao cabo do revólver. Consegue ser um humorista sem jamais correr o risco de se transformar em palhaço, o que não deixa de ser uma proeza. Não tem a menor pressa em fazer seu auto-retrato, definir-se, explicar aos outros como é ou como não é. Creio que não vive, como aquela personagem de Raul Pompéia, na obsessão da própria estátua. Sempre apreciei as histórias que correm de boca em boca sobre suas picardias políticas. (O dr. Terêncio, que não o suporta, me disse um dia que um presidente da República é eleito e pago pelo povo para governar e não para ser personagem de anedotas ou para exibir sua maestria como capoeirista na arena política.) Seja como for, eu gostava e gosto do Gegê. E agradava-me a idéia de saber que o dr. Rodrigo era seu amigo.

Lembro-me de meu padrinho em várias etapas de sua "transformação". Eu estava na estação de Santa Fé, com lágrimas nos olhos, naquele dia de outubro de 30 em que ele entrou no trem de Getulio Vargas e seguiu para a frente de operações. A multidão que o cercava não permitiu que eu lhe desse um beijo de despedida, e isso agravou minha tristeza e minha sensação de abandono.

Só tornei a vê-lo em dezembro de 1931, quando ele voltou com a família para passar um mês no Angico. O fato de ele haver aceito um cartório tinha causado escândalo na cidade. Eu ouvia murmúrios, embora não entendesse bem por que aquela coisa era tão séria. Muitas vezes vi padrinho Rodrigo conversar no escritório com tio Toríbio sobre o novo governo. (Minha memória auditiva é muito melhor que a visual.) Estava exaltado. Lembro-me duma frase sua: "Te juro como desta vez endireitamos este país, ou então eu não me chamo mais Rodrigo Cambará". Doutra feita ouvi tio Toríbio perguntar: "Mas quanto tempo o Getulio pretende governar sem Congresso?". Meu padrinho, irritado, respondeu: "Estás doido? Fazer eleições agora seria o mesmo que abrir a porta para a volta de toda essa canalha que tiramos do poder há pouco mais de um ano!".

Meses para mim inesquecíveis foram os do verão de 1932-1933. Havia terminado a Revolução de São Paulo com a vitória do governo central. Tio Toríbio, que tinha lutado ao lado dos paulistas, voltou para casa. Todos nós temíamos o momento em que ele se encontrasse com o irmão. Esperava-se um atrito. Não houve nada disso. Caiu um nos braços do outro e puseram-se ambos a chorar e a rir como crianças. Depois foram beber no escritório e lá dentro cada qual falava mais alto. Recordo-me de ter ouvido meu padrinho perguntar: "Mas por quê? Por quê? Logo tu, meu irmão, meu amigo, companheiro de 23 e de 30! Querias que o Getulio arrumasse em menos de dois anos o que os carcomidos da velha República desarrumaram em quarenta?". Não ouvi a resposta de tio Toríbio. Mas me lembro, isso sim, de que por aqueles dias entreouvi uma conversa dele com Tio Bicho. Disse este: "Duas coisas deixaram magoado e perplexo o nosso amigo Rodrigo. A primeira foi a notícia de que estavas lutando ao lado de São Paulo. A outra foi a de ver que os paulistas brigavam como homens. Teu irmão não acreditava que aquela 'revolução de meninos ricos', como ele a chamava, tomasse tais proporções. Nem que aquelas flores do patriciado rural e intelectual paulista fossem capazes de atos de coragem física. O doutor Rodrigo se sentia um pouco agravado ante tudo isso, porque para ele a coragem era e é uma espécie de monopólio da gente do Rio Grande". Tio Toríbio disse depois: "O Flores da Cunha nos roeu a corda. Foi a maior decepção da minha vida. Se o Caudilho tivesse apoiado a revolução, como esperávamos, a esta hora o Getulio estava no chão e o país tomava outro rumo". Está claro que repito aqui com palavras minhas uma conversa ouvida há mais de dez anos. (Estive há poucos dias "conferindo lembranças" com Tio Bicho.)

Em janeiro de 1936, meu padrinho voltou para Santa Fé indignado com os comunistas por causa do levante de novembro do ano anterior. "Um verdadeiro banditismo! Os oficiais revoltosos assassinaram friamente a tiros os seus companheiros de caserna! Se a coisa dependesse de mim, eu mandava fuzilar sumariamente esses bárbaros." Quando padrinho saiu da sala, pronunciadas essas palavras, Bandeira puxou um pigarro, olhou para tio Toríbio e resmungou: "É engraçado... Em 1930 mataram aqui o Quaresma. Se mais dez oficiais tivessem resistido da mesma maneira, os dez teriam sido mortos. A diferença dos casos é apenas técnica... A Revolução de 30 foi vitoriosa e o golpe de novembro de 35 falhou". Não cheguei a ouvir a resposta de tio Toríbio porque saí da sala indignada. Não queria, nem mesmo pelo silêncio, participar daquela "traição" ao meu padrinho. Quando Tio Bicho mencionou o assassínio do ten. Bernardo Quaresma, foi como se ele me tivesse machucado, por pura malvadez, a cicatriz duma ferida antiga e esquecida. Porque, por um passe de prestidigitação psicológica, eu conseguira fazer desaparecer do meu passado aquele incidente dramático. Sim, eu sabia que meu padrinho tinha participado do "fuzilamento" do ten. Quaresma. Portava-me como uma testemunha que recusa dizer a verdade porque deseja salvar o réu. Não será isso um sinal de que está convencida de sua culpabilidade?

26 de julho

Releio as páginas anteriores. Já que comecei esse assunto para mim tão desagradável, acho que devo continuar. Passei os anos letivos de 1933 a 1936 em Porto Alegre, fazendo o curso da Escola Normal. Nos corredores dessa escola e na sala de refeições da pensão onde me hospedava, ouvi muitas vezes mencionarem o nome do dr. Rodrigo Cambará, nem sempre ou, melhor, quase nunca acompanhado de referências lisonjeiras. Era ele em geral apresentado como um dos muitos "heróis" do Rio Grande que em outubro de 1930 se haviam lançado numa "carga de cavalaria contra os cartórios e as sinecuras do governo federal".

Certa vez o dono da pensão, sem saber de minhas relações com a família Cambará, disse à hora do almoço, glosando uma notícia lida nos jornais da manhã: "Contam que esse tal de Rodrigo Cambará está ganhando horrores com a advocacia administrativa. A coisa começou o ano passado, quando o Aranha inventou essa história de reajustamento econômico". Baixei a cabeça, com as orelhas ardendo, um formigueiro no corpo, uma vontade de gritar que tudo aquilo era mentira, pura invencionice de invejosos.

Foi ainda em 1936 que ouvi falar na "amante peruana" do dr. Rodrigo. Contava-se que era uma mulher duma beleza exótica, descendente (as tolices que se inventam!) dum príncipe inca. Andava muito bem vestida, toda reluzente de jóias caríssimas, e tinha um Cadillac com chofer uniformizado. "E tudo é o coronel que paga."

Durante as férias de verão, eu examinava a fisionomia de meu padrinho, atenta às suas palavras e gestos. Por mais que quisesse concluir que ele era o mesmo, a evidência me derrotava. Havia nos seus olhos qualquer coisa indefinível que me assustava sem deixar de me fascinar. As idéias que agora expunha eram a negação do Rodrigo romântico, liberal e desprendido de antes de 1930.

Nas férias de 1936-1937, eu o ouvi queixar-se pela primeira vez de seu amigo, o presidente da República. "O Getulio é um ingrato", disse ele um dia ao irmão. "Há mais de dois anos, prometeu me mandar para a Europa numa comissão, talvez como embaixador em Lisboa... Mas qual! Esqueceu-se. Ou então algum dos bobos de sua corte lhe encheu os ouvidos com mentiras a meu respeito."

Foi também naquele verão que, ouvindo alguém elogiar o trabalho de Oswaldo Aranha como embaixador do Brasil em Washington, meu padrinho fez a respeito desse homem, de quem eu o julgava amigo incondicional, alguns comentários que me pareceram pouco simpáticos. Numa de suas cartas daquela época, Floriano me fez sobre o pai uma observação que de certo modo me esclareceu essa atitude:

> Sempre que vê pela frente um homem bonito e forte, a tendência natural do Velho é de considerá-lo sumariamente um competidor. E a sua reação diante dele pode ir da simples implicância à hostilidade aberta, dependendo tudo das circunstâncias. E quando o "antagonista", além das qualidades físicas positivas, é também inteligente e brilhante, o nosso dr. Rodrigo parece sentir-se roubado, diminuído, insultado. Isso explica a sua má vontade para com homens como Oswaldo Aranha e Flores da Cunha. Estou certo, porém, de que no fundo dessa animosidade encontraremos um certo elemento de relutante admiração e — quem sabe? — até de amor. É extraordinário como certos tipos indiscutivelmente másculos possam revelar características tão femininas. Getulio Vargas tem a seu redor vários "namorados" que lhe disputam o afeto. Cada qual quer ser o favorito do sultão. Entredevoram-se, cordiais e brincalhões, numa atmosfera de intimidade escatológica.

Em 1938 o que se murmurava era que o dr. Rodrigo andava metido em grandes empreendimentos imobiliários. Durante as férias, no fim daquele ano, ouvi meu padrinho falar com entusiasmo em construir prédios de apartamentos, promover o loteamento de terrenos, conseguir com o governo desapropriações... Tinha adquirido o hábito de fumar grandes charutos, desses que a caricatura e o cinema apresentam como símbolo da prosperidade econômica e da negação dos valores espirituais. Eu quase não o reconhecia.

Uma noite procurei discutir o assunto com Jango, mas o meu marido me arrasou com poucas palavras: "Vamos cuidar da nossa vida, o que já não é pouco". E a nossa vida não ia lá muito bem. Piorou consideravelmente em 1940, quando perdi a criança no terceiro mês de gravidez. Acho que Jango nunca ficou completamente convencido de que eu não tive nenhuma culpa desse insucesso.

Notei um tom de mágoa e também de censura (ou estarei exagerando?) na voz de meu padrinho quando ele disse: "Então, Sílvia, não é desta vez que me dás um neto...". Contou-me que Bibi evitava filhos e que seu casamento fora um fracasso. Fiquei com a impressão de que eu era culpada também de Bibi não querer filhos e de não viver feliz com o marido.

Nas férias de 1942-1943, achei meu padrinho tristonho. Uma noite ficamos sozinhos um na frente do outro, na sala. Ele olhou para o seu próprio retrato de corpo inteiro, namorou-se por alguns instantes e por fim murmurou: "Estou envelhecendo, Sílvia". Eu sabia que o que ele queria mesmo era um elogio. "Qual! O senhor parece um quarentão, quando muito. Nenhuma ruga. Pouquíssimos cabelos brancos!" Não me enganei. Ele sorriu, satisfeito, me bateu na mão e depois acendeu um charuto. E o homem do charuto não era o mesmo que tinha olhado triste para o retrato.

Como é que uma pessoa muda? Por quê? Ou será que tudo se passa dentro das nossas cabeças? A culpa não será nossa, por esperarmos dos outros o que eles não nos prometeram ou não nos podem dar? Tomemos o caso de Floriano. Padrinho quis fazer dele primeiro um advogado e depois um diplomata. Zeca deseja convertê-lo ao catolicismo. Eduardo acusa-o de conformismo e acha que o dever do irmão é entrar para o Partido Comunista. Tio Bicho quer tê-lo sempre ao seu lado, na legião dos cépticos. E eu, que é que espero dele?

O melhor é não esperar nada de ninguém. Nunca. Assim dói menos viver...

28 de julho

Nova carta de Floriano, da Califórnia. É pueril, absurdo, mas aguardo essas cartas num alvoroço de namorada. E também numa espécie de susto. Acho que Jango não aprova essa correspondência, apesar de ele ainda não me ter dito nada claramente. Noto que fica contrariado toda vez que vê chegar um envelope debruado de azul e vermelho endereçado a mim. Faço questão de mostrar-lhe as cartas, para que ele veja que elas não contêm nada de "mau". Ele as lê por alto, com impaciência, e habitualmente diz: "Vocês literatos!".

Floriano continua um agnóstico, mas repete que sente "a nostalgia duma religião que nunca teve". Curioso, não conheço ninguém mais preparado que ele para aceitar Deus. Acho que tem na sua alma um belo nicho vazio, à espera duma imagem. Talvez pense que entregar-se a Deus seja um compromisso demasiado sério para quem como ele tanto deseja ser livre. Mal sabe o meu querido amigo que a aceitação de Deus é a suprema liberdade.

26 de setembro

Depois das derrotas dos nazistas na Rússia e na África, e do desembarque de tropas americanas na Sicília e em Salerno, não há mais dúvida: os aliados venceram a guerra. O fascismo se esboroou. Badoglio prendeu Mussolini. O resto agora é uma questão de tempo. E a gente fica triste por saber que esse tempo vai ser ainda marcado pela morte e pela destruição.

Passei dois meses sem abrir este diário. Algo de muito importante se passou comigo durante estes últimos tempos. A "campanha interior" terminou com a minha capitulação. Fui conquistada pelos exércitos de Deus. É possível que na minha hinterlândia os soldados do diabo ainda continuem na sua atividade de guerrilhas. Mas o importante é que sou uma terra ocupada por Deus. Todas as praias. Todos os portos. Todas as cidades. Todas as planícies, montanhas, florestas, vales... Isso transformou por completo a minha vida. Acho que posso agora enfrentar com mais coragem as minhas dificuldades e resolver melhor os meus problemas. Já não tenho mais receio das minhas noites nem acho longos nem vazios os meus dias...

Por que não contei nada disso a Floriano nas minhas cartas? Não sei, um estranho pudor ainda me tolhe. Qualquer dia...

4 de dezembro

Entardecer no Angico. Estou parada, sozinha, na frente da casa da estância, olhando para o poente. O sol parece uma grande laranja temporã, cujo sumo escorre pelas faces da tarde. O ar cheira a guaco queimado. Um silêncio de paina crepuscular envolve todas as coisas. A terra parece anestesiada. Raras estrelas começam a apontar no firmamento, mais adivinhadas que propriamente visíveis. Sinto um langor de corpo e espírito. Decerto é a tardinha que me contagia com sua doce febre. Tenho a impressão de estar suspensa no ar... E de que alguma coisa vai acontecer. Cerro os olhos e fico esperando o recado de Deus.

Sobre *Do diário de Sílvia*

A trilogia *O tempo e o vento* — formada por *O Continente*, *O Retrato* e *O arquipélago* — narra a trajetória da família Terra Cambará e reconstitui a história do Rio Grande do Sul, desde a época da colonização, em meados do século XVIII, até o fim da era Vargas. Assim como *Ana Terra* e *Um certo capitão Rodrigo*, episódios que integram *O Continente*, *Do diário de Sílvia* é um dos capítulos finais do terceiro volume de *O arquipélago*. Foi escrito por Erico Verissimo em Virgínia, nos Estados Unidos, em 1961.

Por se tratar de diário, o texto, narrado em primeira pessoa, apresenta boa dose de subjetividade e um caráter "confidencial". "Ele pode me ajudar muito na exploração desses poços insondados que temos dentro de nós e que tanto nos assustam por serem escuros e parecerem tão fundos", comenta Sílvia. Mas os personagens que povoam *O tempo e o vento* também vivem aqui, entre as reflexões de Sílvia sobre si mesma e sobre o mundo. Através do olhar sensível dessa jovem de 25 anos, Erico Verissimo analisa acontecimentos históricos como a implantação do Estado Novo e a Segunda Guerra Mundial.

Logo no começo, Sílvia apresenta o motivo principal do diário: fazer uma "necropsia" de seu casamento com Jango. João Antônio Cambará, assim como Floriano, Alice, Eduardo e Bibi, é filho do dr. Rodrigo Terra Cambará, talvez o personagem de mais destaque em *O tempo e o vento* — a ele são dedicadas duas partes da trilogia, *O Retrato* e *O arquipélago*. Filho de Licurgo Terra Cambará e bisneto de Bibiana e do cap. Rodrigo, ele personifica mudanças importantes na família. Médico, formado pela Faculdade de Medicina de Porto Alegre, é — como ele próprio afirma — "o primeiro Cambará letrado, o primeiro a vestir um *smoking* e a falar francês". Dr. Rodrigo tem uma vida bastante intensa: divide-se entre a prática da medicina, a atividade política e as aventuras amorosas. Líder político da região desde a época da República Velha, mudou-se com a família para o Rio de Janeiro em 1930, depois de aderir ao governo de Getulio Vargas.

No diário, Sílvia fala de seu casamento com Jango; de sua relação com o padrinho, dr. Rodrigo, e de seu envolvimento com Floriano, o cunhado. Este último personagem, filho mais velho de Rodrigo, é a peça mais importante do universo engendrado por Sílvia. Em 1945, no fim de *O tempo e o vento*, é a Floriano que Sílvia entrega seu diário concluído. Enquanto morava no Rio de Janeiro, ele se correspondia com Sílvia, mas tinha um caso com uma norte-americana, Mandy Patterson, que depois voltou aos Estados Unidos. Escritor, Floriano é um personagem complexo. Numa espécie de autobiografia intitulada *Caderno de pauta simples*, tenta reconstituir sua vida — preocupa-o seu amor pela cunhada e a reconciliação, de certo modo simbólica, com o pai e com o Rio Grande do Sul.

Maria Valéria Terra, a Dinda, também aparece em *Do diário de Sílvia*. Solteira, está com 85 anos e já praticamente cega. Neta de Juvenal Terra, irmão de Bibiana, é a herdeira da personalidade da tia-avó. Floriano define Dinda como "vaqueana dos campos e vereda do passado dessa família; arca atulhada dum tesouro de vivências e memórias". Maria Valéria confunde-se com o Sobrado, também personagem do romance, representando a tradição, o passado. Desde a juventude, é ela a responsável pela administração da casa e pela criação dos sobrinhos, com seus filhos e netos.

Interlocutores e confidentes de Sílvia, outros personagens do diário são Roque Bandeira (ou Tio Bicho, como o apelidou Maria Valéria), Zeca (ou irmão Toríbio) e Arão Stein. Tio Bicho é um homem de meia-idade, baixo, ligeiramente gordo, considerado em Santa Fé um verdadeiro "filósofo". Vive do arrendamento de um campo herdado do pai e passa o tempo todo estudando línguas estrangeiras, lendo livros e revistas e criando peixes em aquários. Inteligente, é dotado de um humor sarcástico e uma visão cética da vida e das pessoas. Zeca, companheiro de Sílvia desde a infância, é filho de Toríbio Cambará, o irmão do dr. Rodrigo, e de uma lavadeira do Sobrado. Arão Stein, membro do Partido Comunista, um pouco mais jovem que Roque Bandeira, é filho de um emigrante judeu russo que chegara a Santa Fé no princípio do século XX e se estabelecera com um ferro-velho.

Esses são os personagens mais presentes em *Do diário de Sílvia*, além da mãe e do pai da jovem protagonista, também profundamente analisados.

Em *Noite de Ano Bom*, episódio imediatamente anterior a *Do diário de Sílvia*, dr. Rodrigo e a família voltaram ao Sobrado para passar a noite de 31 de dezembro de 1937. Essa noite decidiu o destino de alguns personagens: Sílvia e Jango noivaram, mas estava claro que nem Floriano nem ela tinham esquecido o antigo afeto; Maria Valéria, espécie de guardiã da família, percebeu o que se passava; Rodrigo e Toríbio se desentenderam violentamente por causa da proclamação do Estado Novo. Depois da discussão, Toríbio saiu do Sobrado com Floriano e os dois seguiram para um boteco, onde Toríbio foi gravemente ferido numa briga e morreu nos braços do sobrinho, que tentou defendê-lo.

Um pouco mais de três anos depois desses acontecimentos, em setembro de 1941, Sílvia decidiu escrever um diário.

Cronologia

Esta cronologia relaciona fatos históricos a acontecimentos ficcionais de *Do diário de Sílvia.*

1938

Os integralistas tentam derrubar Getulio Vargas, mas são derrotados. Plínio Salgado exila-se em Portugal.

1939

Os republicanos são derrotados na Espanha. Muitos membros das Brigadas Internacionais se refugiam na França, onde permanecem em campos de concentração.
Em 1º de setembro, a Alemanha invade a Polônia. Início da Segunda Guerra Mundial. Em 17 de setembro, a União Soviética também invade a Polônia. Partilhando esse país, alemães e soviéticos celebram um pacto de não-agressão.
De 28 de maio a 3 de junho, a França é derrotada. Soldados ingleses e franceses que não aceitam a derrota são evacuados para a Inglaterra na Retirada de Dunquerque, um dos episódios mais dramáticos da Segunda Guerra. Os alemães começam o bombardeio da Inglaterra pelo ar.

1941

Em junho, a Alemanha invade a União Soviética, pondo fim ao pacto de não-agressão.
Em dezembro, os alemães são derrotados em Moscou, mas

1938

No *réveillon*, Sílvia e Jango ficam noivos. Na mesma noite, Toríbio morre.
Floriano e Mandy se separam. Ela vai para os Estados Unidos.

1939

Arão Stein refugia-se na França. O personagem Vasco, do romance *Saga*, faz o mesmo.

1940

Em abril, Arão Stein volta a Santa Fé. Antes, repatriado ao Brasil, fora preso e torturado no Rio como comunista.

1941

Em 24 de setembro, Sílvia começa a redigir um diário, no qual reflete sobre o fracasso amoroso de seu casamento. Registra também como o grupo do Sobrado vive os

continuam lutando em Stalingrado, numa batalha que dura um ano e quatro meses.
Em 7 de dezembro, os japoneses atacam de surpresa a base norte-americana de Pearl Harbor.
Desenham-se definitivamente as grandes formações da Segunda Guerra: de um lado, os Aliados e a União Soviética; do outro, o Eixo, com Alemanha, Itália e Japão.

acontecimentos da Segunda Guerra.
Em 26 de novembro, Floriano passa alguns dias no Sobrado, antes de seguir para os Estados Unidos como professor convidado
na Universidade da Califórnia.

1942

Em 23 de agosto,
diante do torpedeamento de navios brasileiros, o governo declara guerra ao Eixo.

1942

Em julho, Floriano publica o romance *O beijo no espelho*.
Em Santa Fé, como em cidades brasileiras reais, há quebra-quebra em lojas e empresas cujos proprietários são alemães ou seus descendentes.
Em 14 de setembro, o pintor Pepe García retorna a Santa Fé.

1943

Os alemães são derrotados em Stalingrado, na União Soviética, em janeiro.
Em 13 de maio, os alemães e italianos são derrotados no Norte da África.
Em 11 de junho, os Aliados iniciam a invasão da Itália.
Em 26 de novembro, Roosevelt, Churchill e Stálin reúnem-se em Teerã.

1943

Nos Estados Unidos, Floriano reencontra Mandy.
Arão Stein é expulso do Partido Comunista sob acusação de ser trotskista.

1944

Em 6 de junho, os Aliados desembarcam na França. Em 16 de julho, chega a Nápoles, na Itália, a Força Expedicionária Brasileira para lutar ao lado dos Aliados. Em setembro a FEB entra em ação, seguindo para o Norte da Itália. De 29 de novembro de 1944 a 20 de fevereiro de 1945, Batalha de Monte Castelo, entre tropas brasileiras e alemãs. Vitória dos brasileiros.

Biografia de Erico Verissimo

Erico Verissimo nasceu em Cruz Alta (RS), em 1905, e faleceu em Porto Alegre, em 1975. Na juventude, foi bancário e sócio de uma farmácia. Em 1931 casou-se com Mafalda Halfen von Volpe, com quem teve os filhos Clarissa e Luis Fernando. Sua estréia literária foi na *Revista do Globo*, com o conto "Ladrões de gado". A partir de 1930, já radicado em Porto Alegre, tornou-se redator da revista. Depois, foi secretário do Departamento Editorial da Livraria do Globo e também conselheiro editorial, até o fim da vida.

A década de 30 marca a ascensão literária do escritor. Em 1932 ele publica o primeiro livro de contos, *Fantoches*, e em 1933 o primeiro romance, *Clarissa*, inaugurando um grupo de personagens que acompanharia boa parte de sua obra. Em 1938, tem seu primeiro grande sucesso: *Olhai os lírios do campo*. O livro marca o reconhecimento de Erico no país inteiro e em seguida internacionalmente, com a edição de seus romances em vários países: Estados Unidos, Inglaterra, França, Itália, Argentina, Espanha, México, Alemanha, Holanda, Noruega, Japão, Hungria, Indonésia, Polônia, Romênia, Rússia, Suécia, Tchecoslováquia e Finlândia. Erico escreve também livros infantis, como *Os três porquinhos pobres*, *O urso com música na barriga*, *As aventuras do avião vermelho* e *A vida do elefante Basílio*.

Em 1941 faz uma viagem de três meses aos Estados Unidos a convite do Departamento de Estado norte-americano. A estada resulta na obra *Gato preto em campo de neve*, primeira de uma série de livros de viagens. Em 1943, dá aulas na Universidade de Berkeley. Volta ao Brasil em 1945, no fim da Segunda Guerra Mundial e do Estado Novo. Em 1953 vai mais uma vez aos Estados Unidos, como diretor do Departamento de Assuntos Culturais da União Pan-Americana, secretaria da Organização dos Estados Americanos (OEA).

Em 1947 Erico Verissimo começa a escrever a trilogia *O tempo e o vento*, cuja publicação só termina em 1962. Recebe vários prêmios, como o Jabuti e o Pen Club. Em 1965 publica *O senhor embaixador*, ambientado num hipotético país do Caribe que lembra Cuba. Em 1967 é a vez de *O prisioneiro*, parábola sobre a intervenção dos Estados Unidos no Vietnã. Em plena ditadura, lança *Incidente em Antares* (1971), crítica ao regime militar. Em 1973 sai o primeiro volume de *Solo de clarineta*, seu livro de memórias. Morre em 1975, quando terminava o segundo volume, publicado postumamente.

Obras de Erico Verissimo

Fantoches [1932]
Clarissa [1933]
Música ao longe [1935]
Caminhos cruzados [1935]
Um lugar ao sol [1936]
Olhai os lírios do campo [1938]
Saga [1940]
Gato preto em campo de neve [narrativa de viagem, 1941]
O resto é silêncio [1943]
Breve história da literatura brasileira [ensaio, 1944]
A volta do gato preto [narrativa de viagem, 1946]
As mãos de meu filho [1948]
Noite [1954]
México [narrativa de viagem, 1957]
O senhor embaixador [1965]
O prisioneiro [1967]
Israel em abril [narrativa de viagem, 1969]
Um certo capitão Rodrigo [1970]
Incidente em Antares [1971]
Ana Terra [1971]
Um certo Henrique Bertaso [biografia, 1972]
Solo de clarineta [memórias, 2 volumes, 1973, 1976]

O TEMPO E O VENTO

Parte I: *O Continente* [2 volumes, 1949]
Parte II: *O Retrato* [2 volumes, 1951]
Parte III: *O arquipélago* [3 volumes, 1961-1962]

OBRA INFANTO-JUVENIL

A vida de Joana d'Arc [1935]
Meu ABC [1936]
Rosa Maria no castelo encantado [1936]
Os três porquinhos pobres [1936]
As aventuras do avião vermelho [1936]
As aventuras de Tibicuera [1937]
O urso com música na barriga [1938]
Outra vez os três porquinhos [1939]
Aventuras no mundo da higiene [1939]
A vida do elefante Basílio [1939]
Viagem à aurora do mundo [1939]
Gente e bichos [1956]

Esta obra foi composta em Janson
por Osmane Garcia Filho e impressa
pela gráfica Bartira em ofsete
sobre papel pólen soft da Suzano
Bahia Sul para a Editora Schwarcz
em fevereiro de 2005.